VÉZELAY
ou l'amour fou

Jules Roy

VÉZELAY
ou
l'amour fou

Albin Michel/Champ Vallon

22, rue Huyghens, 75014 Paris

ISBN BROCHÉ 2-226-03919-8
ISBN LUXE 2-226-03994-5

à Pierre Moinot

I.

« FEMME, POURQUOI PLEURES-TU ? »

À L'EXTRÊME pointe du Morvan, dans un large écroulement qui succède, en douceur ou à l'abrupt, à toutes les pentes, crêtes, excroissances, lignes de faîte et parties saillantes de ce massif, Vézelay s'érige. Alentour, couverte de forêts de chênes et de hêtres, la terre se creuse, se relève, ravinée, griffée, bossuée de toute part, riche en repaires et en galeries de renards. Tels depuis toujours, les villages proches, neigeux l'hiver et à chemins glissants, sont habités par des paysans que Vauban houspillait déjà, pas assez en quête de progrès à son gré, avares jusque dans l'âme, rébarbatifs aussi, à moins qu'on soit des leurs.

De par son étendue et le nombre de ses abonnés au téléphone, de Vézelay on dirait spontanément que ce n'est qu'un gros bourg : à peine deux cents toits, y compris les hameaux inscrits sur les listes électorales de la mairie, mais dans l'histoire de France et même du monde, une ville dont le nom resplendit. S'il faut décrire Vézelay, on dira que c'est une agglomération étroite, serrée sur elle-même et agrippée à un rocher qui, depuis Rome, a mérité le nom de Scorpion. Vue du ciel, la ville représente en effet une forme courbe, un abdomen à sept anneaux, avec une queue à segments dont le dernier est armé d'un aiguillon sans doute venimeux. De tous les signes du zodiaque qui figurent dans les voussures des tympans pour représenter l'univers et les saisons, le Scorpion caractérise Vézelay par le drame vie-mort-vie. Vézelay n'existe que par l'amour, et par la mort vaincue.

Si réduite qu'elle soit en étendue, la ville étincelle par sa réputation. Immense est celle qu'elle a acquise, plus même par l'idée qu'on a d'elle et le mystère qui en rayonne. Le nom de Vézelay (*Vizeliacum* en latin) tinte comme un carillon dans une sorte d'infini. Si on le prononce, il gazouille, à l'opposé de ce qu'il signifie. Aragon répétait trois fois le nom et prétendait que c'était là un des plus beaux alexandrins de la langue française. Cela ne signifie rien d'autre qu'un battement de cœur de poète, mais on peut s'y laisser prendre. Certains linguistes décortiquent les racines du nom et trouvent dans le *Ve*, dans le *zel* et dans le *ay*, du sacré.

Il y en a en veux-tu en voilà. Les moines bénédictins sont là à la fin du IXe siècle dans un monastère fondé par Girart, régent du royaume de Provence, et sa femme Berthe, sur une arête qui surplombe la rivière la Cure. De par un diplôme de l'empereur Othon Ier, de 960, on admet que la notion la plus ancienne du vocable est gallo-romaine. Mais qu'est-ce que Vézelay de nos jours, sinon la vénérable église qui s'y dresse, l'ancienne chapelle de l'abbaye, l'abbatiale tant de fois détruite, brûlée, reconstruite, alliée de roman et de gothique, marquée de tant d'hésitations, et dont il reste, presque intacte, la crypte carolingienne ? Quand l'abbé Arnaud la consacre en 1104, cette chapelle ne comprend encore que le chœur et le transept, mais l'abbaye existe. Aujourd'hui, l'abbaye a disparu. D'elle il n'y a plus rien, à peine quelques pierres que les marchands n'ont pu enlever parce qu'elles étaient trop lourdes ou dont personne n'a voulu, mais l'abbatiale est devenue un impérissable chef-d'œuvre de la foi en Dieu et de l'espoir de l'homme, immortel joyau, à jamais trésor du cœur et de l'esprit.

D'où qu'on vienne, dès que les tours apparaissent, on se tait, on regarde, saisi de sentiments incertains, on grimpe à travers les rues qui mènent à ce que fut l'abbatiale d'alors, seule maintenant car tout le reste a été rasé, on contemple le monument blond, gris ou noir selon le jour, on feuillette un guide, on reste pensif, ému sans savoir de quoi devant l'horizon houleux qui, de loin, assiège la terrasse. Une intuition incite à s'abandonner à quelque chose de grand, mais quoi ?

L'étrangeté de Vézelay, son unicité, ce

qui fait qu'elle intrigue, qu'on s'interroge, qu'on se demande pourquoi — ce qui, ailleurs, serait commun —, ici ne ressemble à rien : un bourg sur un éperon rocheux dans un paysage tourmenté avec une église romane au sommet, une agglomération aux rues en pente, un cimetière, un à-pic avec une table d'orientation, quoi d'extraordinaire ? Il n'en manque pas à travers le monde, il y a même des citadelles perdues au milieu des sables où retentit encore l'appel à la prière, le chant d'un brahmane ou le cri d'un oiseau de proie. Les déserts, quand les hommes y ont élevé un monument à la gloire de Dieu ou à la gloire d'un roi, sont des lieux de contemplation qui peuvent être plus impressionnants que les terres habitées. Ne nous emballons pas.

J'y suis venu pour la première fois en 1956 avec Louise de Vilmorin, son frère André et Andrée, la femme de son frère. Nous avions passé par Auxerre, *Autessio Duro* sur les cartes romaines, à cinquante kilomètres de là. Louise était invitée au « son et lumière » qu'on donnait à la Pentecôte. C'était la nuit, il faisait froid, le vent soufflait ; j'avais par chance une grande cape dans laquelle nous nous enveloppâmes tous.

Je rentrais de croisade, d'Indochine. Nous ne vîmes rien qu'une nef éclairée, des ombres, la nuit était sans étoiles, nous entendîmes des hurlements dans les haut-parleurs, des explosions dans les lointains. Louise, déçue, n'arrêta pas de se moquer de tout, nous nous en allâmes horrifiés et n'en parlâmes plus. Quelques années plus tard, le sort voulut que je trouve à quelques kilomètres de Vézelay la demeure que je cherchais.

Par une précaution du hasard, Tatiana, ma nouvelle femme qui était russe, belle et poète, et moi habitâmes d'abord à distance. À l'horizon se dessinaient les tours dont nous entendions les cloches quand le vent soufflait du nord. Nous étions des étrangers, et cependant il nous semblait être chez nous. Un jour ma femme me dit : « C'est comme si nous retrouvions la terre natale... » Chaque visite à Vézelay nous comblait d'une joie inexplicable. Nos yeux brillaient, j'avais la bouche moins amère, un vague espoir vibrait en nous, comme une promesse qui nous aurait été faite à propos de quoi ? Nous respirions à l'aise, notre cœur, comme innocent, baignait dans une sorte de bonheur : quelque chose comme le sentiment fugace que ce que nous éprouvions n'aurait pas d'achèvement. Nous pensions moins à la mort, et la mort semblait nous avoir oubliés, comme lorsqu'il arrive, le temps d'une seconde, un seul instant, que la douceur d'une aube procure l'illusion que le monde n'aura pas de fin et nous non plus. Et il est vrai que, du jour où nous fûmes là, nous n'eûmes plus envie de partir, et que, le jour où nous fûmes contraints de nous éloigner, quelque chose nous manqua et que nous restâmes en attente de ce que nous avions quitté. Mais quoi, s'il y a des questions en amour, il n'y a pas de réponses. Et qu'est-ce déjà que ce mot d'amour à l'égard d'une ville qui ne passe pas précisément pour si généreuse d'elle-même ?

À l'aube, le bourg s'éveille à peine. Les choucas quittent les corniches où ils s'abritent la nuit et se mettent à tournoyer. Le vent se lève dans les arbres, dans les vignes et, à l'infini, dans un enchevêtrement de croupes bleues pareilles à un troupeau qui se bouscule et se chevauche en pleine course. Les rues sont désertes, seule la boulangerie est éclairée, peut-être troublerons-nous un consistoire de chiens qui viendront nous flairer puis nous laisseront. Allons boire un café à l'hôtel du Morvan, à la Terrasse ou au Cheval Blanc et mieux, à l'Espérance où l'accueil est princier. Le miel y fleure l'acacia, le beurre la noisette, le café vient d'Afrique ou du Brésil, et, pour relever les œufs brouillés, il y a du poivre de Cayenne et du sel des landes de Guérande (Loire-Atlantique).

Quand le soleil s'apprête à surgir, entrons dans la basilique par la seule porte qui soit ouverte, une porte sud qu'on peut appeler bâtarde ou une poterne, plongeons dans la demi-ténèbre liquide, tâtons-la d'une main prudente vers le double vantail du parvis, presque toujours clos. Le narthex, d'un mot grec qui signifie portique, c'est l'avant-nef, l'espace clos où, dans les premiers temps de la chrétienté, les foules des catéchumènes attendaient comme en pénitence, avant la nef. C'est là encore que le fidèle d'aujourd'hui devrait se dépouiller de l'homme impur qui est en lui pour devenir un homme nouveau. Sur le chapiteau du premier pilier qui sépare de la nef, un ange au visage mutilé nous salue, et crie la bonne nouvelle. Quoi donc ? Suspendu à son flanc, un olifant, ce cor d'ivoire dont Roland s'est servi pour appeler Charlemagne à son secours : un cor de guerre qui rend des sons effrayants et que l'homme d'armes portait sur lui en sautoir.

Les moines des origines ont dédié leur abbatiale à sainte Marie-Madeleine. À une femme, le support de leur foi, à une ancienne pécheresse ! La basilique est un monument à sa gloire, et l'ange qui nous a accueillis, l'ange à l'olifant, accompagne Madeleine qui revient à perdre haleine du tombeau vide, elle étouffe, elle ne s'était pas trompée, les dominations l'escortent et, parmi elles, notre ange que la lumière découvre encore mal, et dont j'entends battre les ailes.

On l'appelle aussi l'ange de l'Apocalypse, et cependant il ne semble pas en souci d'annoncer la fin des temps. Il nous regarde, nous qui entrons : on dirait que, de là où il est, il va se jeter vers nous, par-dessus nous. Ses pieds frôlent encore la moulure du chapiteau. De ses bras vigoureux et de ses ailes à larges rémiges plantées sur ses épaules, il saisit, il agrippe la nue, déjà il ne touche plus l'angle d'où il s'élance, déjà les plis de sa tunique sont happés par le vent. Avançons dans la nef comme à travers une forêt jusqu'à l'extrémité du déambulatoire déjà clair. Le chœur n'est plus celui des origines, que les moines trouvèrent trop mesquin et qu'ils abattirent pour le reconstruire tel qu'il est, ouvert sur le ciel, gothique et non plus roman, audacieux pour l'époque, et avec des colonnes d'un seul jet et d'une pierre blanche, à peine veinée de bleu et tellement lisse qu'elle appelle les caresses.

C'est là que tout va se passer. D'un

bond, le soleil jaillit et, en oblique, frappe d'abord d'une flamme violente les piliers nord, puis, de sa pique, transperce le vaisseau sur toute la distance de l'allée triomphale et jusqu'aux extrémités du narthex. Quittons la demi-obscurité où nous sommes encore en nous-mêmes, glissons sous les grandes arches, des esprits célestes nous précèdent dans la basilique vide, où nous voici comme des voleurs. Un noble père sacristain ou une sainte assistante nous a précédés, a fait la toilette des fleurs, des grilles et des herses où on a rallumé les cierges éteints la veille au moment de la clôture. Encore un peu, et c'est l'éblouissement. Une flèche étincelante se plante tout au fond dans l'envers de l'immense portail, des reflets dansent sur le tympan endormi, soudain frôlé par une main si douce. Alors le soleil pénètre à flot par toutes les ouvertures, transforme le déambulatoire, le sanctuaire et, au-dessus, la voûte supérieure à croisée d'ogives en un lac d'or. Une ruée de lumière rousse, une brassée de lys rouges tournent lentement avec notre astre majeur et projettent son éclat autour de nous. Après quoi, de jour en jour, le soleil montera, plongera de nouveau dans la nuit et en rejaillira par une flamboyance. Ainsi jusqu'au solstice d'été où, à son heure de midi, il plaquera, au centre exact de la basilique, un long trait fulgurant, un chemin de feu qu'on verra lentement, minute après minute, si l'on est patient, se hisser le long des travées et tourner encore autour du prodige de pierre jusqu'à l'incendier.

En fin d'après-midi, la lumière a basculé au-dessus de la ville et de la façade, que parfois elle asperge d'or, parfois de rose. Ne nous attardons pas devant le tympan de Viollet-le-Duc, par égard pour le génie quand il rate quelque chose. À l'intérieur, le narthex baigne dans son eau glauque et l'on dirait que s'est levé un vent à travers les déserts d'Arabie avant de souffler ici, sur l'autre tympan intact où le Christ impatient indique d'une large main à ses disciples le monde à conquérir. Sur tout son corps ondule et frémit sa tunique, et l'on dirait encore que c'est la pierre qui roucoule et non les tourterelles des jardins d'alentour.

La grande nouvelle toujours d'actualité que l'ange crie à Vézelay, c'est que le Christ est ressuscité. C'est pour cela que vers l'an mil, les moines sont allés dérober des ossements dans une grotte de la Sainte-Baume, pour les mettre à l'abri des incursions sarrasines, ont-ils dit, ou a-t-on inventé qu'ils avaient dit. À moins que ce ne soit, comme on le suppose dans un précis de la Pierre-qui-Vire, le moine Badilon qui serait rentré de Jérusalem avec les reliques de Marie-Madeleine ou encore qu'il ait reçu des mains de Girart, régent de Provence, une part des ossements celés dans une crypte de Saint-Maximin. Mystère jamais éclairci, légende plus forte que la réalité. Je comprends que des croyants aient voulu avoir à eux les restes brûlants de la femme qui avait aimé Dieu incarné et l'avait vu ressuscité, car nous voici en plein merveilleux. Lorsque Abraham ou Moïse entendent la voix d'En-Haut, ils obéissent.

Nos moines aussi. Pour eux, tout est vérité et vie éternelle. L'ange ne dit rien d'autre, Madeleine non plus, Vézelay non plus, et l'on s'étonne que, pour contrebalancer Vézelay ou inspirés par une démarche analogue, des théologiens pointilleux et contestataires aient élevé une autre basilique à Saint-Maximin, avec la même ferveur jalouse, plus de puissance peut-être mais sans la grâce insigne et nue d'un lieu prédestiné depuis les origines. Et le site de Vézelay ? Un socle, un promontoire qu'on n'invente pas, si grand théologien qu'on soit. Que la basilique de Saint-Maximin n'existe plus, qui s'en apercevra ? Des amateurs de musique, des historiographes, un ordre religieux, quelques tordus de la dispute apologétique, scolastique ou casuistique.

Sans Vézelay, le monde perdrait une lumière, l'Europe un de ses hauts lieux, et nous, petit peuple de Dieu ? Il n'y aurait donc plus de révélation, plus d'inspiration, plus d'âme, plus rien ? Notre province ne compterait plus que par Vauban, génial militaire, ou par Chaissac, minuscule cordonnier d'Avallon devenu à sa mort immense peintre loufoque, ou encore par des pots de moutarde, des fromages de chèvre, du vin blanc sec ou des sabots ? Vézelay n'est pas seulement un sanctuaire chrétien bâti sur les vestiges d'un temple à Janus et dans une tradition cosmique d'adoration. Hissé bloc après bloc, à force de bras, de poulies et de treuils sur des milliers de tonnes de pierres que les piliers et que les arcs soutiennent en un fragile équilibre, Vézelay a lutté contre dix siècles en mesure de temps, deux ou trois fois contre le feu, et jaillit encore comme une énorme fleur minérale qui célèbre la résurrection, et cela seulement. Avec ses précieux restes que d'innombrables multitudes de chrétiens sont venues de toute part honorer, qu'elles ont voulu toucher aussi, comme on s'accroche à une bouée qui vous maintient à flot, vous sauve et vous tire de l'abîme, Vézelay est une affirmation. On va à Vézelay comme vers la lumière et le soleil. Vézelay, c'est le matin de Pâques.

Cependant, nous ne sommes pas en Palestine où déjà le simoun soulève des vagues de sable. Chez nous, en avril, les lilas éclos depuis peu frissonnent sur le versant sud, pas encore sur le versant nord. Dans nos forêts il y a des pervenches, et le muguet perce à peine l'humus des feuilles mortes et de la mousse. L'été, la basilique, étendue de tout son long sur la rude couche du roc, telle une hétaïre sacrée, aura, selon le jour ou l'heure, la blondeur du pain ou bien quelque autre apparence qui semblerait d'Éthiopie, couleur de peau café au lait. On ne sait pourquoi, c'est le ciel qui commande, c'est lui qui décide de celle que nous devons chérir.

L'hiver, s'il a déjà neigé la veille, si le vent a tourné au nord, si une nuit de glace a collé une brillante cuirasse sur notre belle, sur les tuiles des toits inclinés, sur les auvents, les bâtières ou les poivrières, sous les épis qui hérissent de-ci de-là quelques pignons ou quelques bouts de faîtage, si la neige est en croûte dure sur les croisées, les arcades et les arcatures des murs, sur les frises qui courent le long de la coque, sur les arcs-boutants, les corniches de l'extrémité de l'abside où s'abrite une très humble statue de Notre-Dame, et jusqu'au sommet du capuchon de nos deux tours carrées à baies, avec leur lance de paratonnerre poudrée à frimas ; bref, si un manteau de neige bien drue s'applique sur les formes, les modelés, les rondeurs et les galbes, comme sur les colonnes contreforts et sur les créneaux du transept qu'on pourrait considérer comme le château du navire, là où les nefs transversales coupent la nef principale de façon saillante, dans une galerie où se tiendrait le capitaine avec ses cartes et son compas pour décider de la route, eh bien... Eh bien, quand l'aube d'un ciel éclatant se jette sur cette merveille de glace et que le soleil la fusille, notre abbatiale devient un lys d'or, un lys éblouissant, et où dégoterait-on symbole plus glorieux de l'amour, pareil au visage d'une femme ardente comme fut la nôtre ? Un lys ! Tant pis pour les mauvaises langues et les cervelles perverses ! Certes, notre bien-aimée a su ce que c'était que l'amour, elle n'a pas joué les prudes, elle n'a pas essuyé en vain les pieds du Seigneur avec ses cheveux, elle ne les a pas pour rien baisés de sa bouche, elle lui a tout donné, en esprit ou comme on voudra, peu importe, puisque de son amour naît ce qui, pour les moines de ce temps-là et pour nous au-delà de tout, demeure.

On comprend que la mystique de Vézelay ait éveillé tant de passions, et que des esprits de haut rang discutent encore, en des assemblées importantes, en France et hors de France, de ce qui, dans la dévotion magdalénienne, appartient à la vérité historique ou au mythe. La question se pose pour toutes les figures que touche un mystère. Tout grand personnage, tout héros entraîne avec lui une part d'inaccessible. Ceux qui gardent la tête froide devant l'Évangile quand il arrive que Jésus rende à la vie un fils pleuré par sa mère savent-ils départager la foi de la lumière aveuglante ? Que serait Vézelay sans Madeleine, et que serait Madeleine sans l'amour fou ? De Madeleine l'Église parle comme d'un apôtre. Mieux encore. Pour l'Église,

Madeleine est l'apôtre des apôtres. S'il y a légende, où commence-t-elle ? Où finit-elle ? Qui oserait en décider ? Pour croire est-il nécessaire de comprendre ? Et pourquoi vouloir comprendre quand il s'agit de mystère ? Au XVIIe siècle, le cardinal de Bérulle écrit une élévation sur le cas de Madeleine, et on attribue à Bossuet un sermon sur l'amour qui n'aurait jamais pu être prononcé du haut d'une chaire, tant les élans du cœur y sont violents et incertains dans leur objet : la créature ou le créateur ?

C'est que Marie-Madeleine, reine de Vézelay, n'est pas n'importe qui. Autant qu'on le sache, c'est une fille de château, raffinée et voluptueuse, d'une famille sadducéenne riche et puissante : maison de campagne sur la rive du lac de Génésareth, maison de ville à Jérusalem. Elle parlait grec, hébreu, romain, lisait *le Banquet* de Platon sur l'amour libre, rêvait de Cléopâtre et, à Tibériade, fréquentait la cour du tétrarque de Galilée, Hérode

Antipas, qui n'était pas un père-la-vertu : il vivait en concubinage avec Hérodiade, la femme de son frère. Le prophète Jean-Baptiste avait violemment dénoncé l'adultère et payé son audace de la prison. Un jour, comme Salomé, la fille d'Hérodiade, dansait, Hérode s'éprit d'elle à son tour si fort que, fou de désir, il lui dit qu'elle pouvait lui demander ce qu'elle voudrait, fût-ce la moitié de son royaume, le mot a été conservé. À ce point-là, Salomé alla consulter sa mère. Les femmes bafouées sont vindicatrices. La fille revint. « La tête de Jean-Baptiste », dit-elle. Hérode fit un signe. Quelques moments après, c'est la scène qui a inspiré tant de peintres : devant la cour médusée, la capiteuse Salomé, crispée, le regard de biais sur Hérode, tient dans ses mains un plateau dégoulinant où gît une horreur dont notre petite garce a l'air de ne savoir que faire. En effet, que faire d'une tête de prophète, une tête barbue, hirsute, coupée et baignant dans le sang ?

Qui sait si Marie-Madeleine n'assistait pas à cet esclandre, à ce scandale ? Créature irrésistible, aussi aguicheuse que Salomé, pareille à elle, la cruauté en moins, qui pourrait jurer que Marie-Madeleine courtisane n'a pas aussi cédé à Hérode ? On peut l'imaginer telle que Bartolomeo Veneto a représenté Salomé, avec ce visage pur, cette bouche gourmande, cette chevelure blond vénitien à fines tresses tombant sur les épaules et la gorge, et, sur sa robe de velours brodée, ces perles, ces colliers d'or. Quand elle apprend qu'un jeune prophète parcourt la Galilée en semant les miracles sous ses pas, elle reçoit soudain la révélation de son néant, quitte tout, file au banquet de Simon-le-Pharisien et la voici qui se jette aux pieds de l'invité, les lui baise, les inonde de parfums et les essuie avec ses cheveux. Foudroyée, comme l'Évangile le rapporte.

Dès lors, à Jésus de Nazareth, elle offrira, comme d'autres femmes, tout ce qu'elle possède et le suivra tant qu'elle pourra. Parce qu'il la verra en larmes à la mort de son frère Lazare, il le ressuscitera. Elle sera au bas de la croix avec la mère de Jésus et une autre Marie, mère aussi d'une Salomé, elle conduira Jésus au tombeau, elle verra son corps enveloppé dans des bandelettes et embaumé d'aromates comme c'était la coutume chez les Juifs, et après le sabbat, elle reviendra, le matin. Il ne faisait pas encore jour, la grosse meule qui fermait le tombeau était repoussée. Alors, prise de peur, elle s'élancera en toute hâte alerter Pierre et Jean et, tous ensemble, ils se mettront à courir vers le sépulcre où Jean, le plus jeune, arrivera le premier. Marie-Madeleine verra les bandelettes à terre mais n'entrera pas et se tiendra sur le seuil, en larmes, tout essoufflée.

Là, il est plus simple de reprendre la succession des faits dans le récit du narrateur, Jean, le disciple que Jésus aimait, celui qui, à la Cène, a posé sa tête sur la poitrine du Seigneur et qui raconte ce qu'il a vu. Comme elle pleurait, elle se baissa pour regarder dans le sépulcre, et elle vit deux anges vêtus de blanc, assis à la place où avait été couché le corps de Jésus, l'un à la tête l'autre aux pieds. Ils lui dirent : « Femme, pourquoi pleures-tu ? » Elle leur répondit : « Parce qu'on a enlevé mon Seigneur et je ne sais pas où on l'a mis. »

Et que répondent les anges, ces brillants jeunes gens qui seraient peut-être aujourd'hui quoi donc ? Des musiciens, des funambules, des pilotes de chasse ? que répondent-ils ? « Ne cherche plus, il est ressuscité. » Alors, un homme passe, qu'elle prend pour le jardinier et à qui elle dit : « Monsieur, monsieur... » comme on disait autrefois quand on s'adressait à un Arabe : *« Ya sidi, ya sidi... »* « Si c'est toi qui l'as enlevé, dis-moi où tu l'as mis. » Car tout le monde se tutoie en Orient. L'homme qu'elle distingue à peine à travers ses larmes s'arrête, la regarde, et simplement : « Marie... » Et elle se jette à ses genoux, étranglée, brisée. C'est sa voix à lui, c'est son nom à elle, ce sont ses pieds percés, ses pieds sanglants qui gardent l'odeur impérissable du parfum mélangé aux pleurs ! « *Rabbouni*, monseigneur... » Que crie-t-elle encore ? Ce qu'une femme peut dire quand son amour la poignarde. Elle ne sait plus, elle fond en sanglots sous les yeux de l'Adoré qui semble dans un ailleurs : « Ne me touche pas... »

Lire ou entendre ce récit m'arrache toujours des larmes parce qu'il s'agit de l'événement le plus considérable qui soit, pour le monde comme pour moi, et que le récit de Jean l'évangéliste est véridique : il a vu de ses yeux Madeleine à qui le Christ est apparu, il l'a entendue raconter ce qu'elle a vu, et plus tard, il verra le Christ à son tour. « Il voit », « elle voit », ce chapitre de l'Évangile est plein de ces mots de témoin. Rien de plus simple. Rien de plus vrai.

Touché par un miracle que j'appellerai naturel, j'éprouve ce que, depuis le Moyen Âge, des millions de pèlerins ont ressenti devant Marie-Madeleine, sœur de Marthe et de Lazare, créature charnelle et vivante proie de l'amour, qui versa sur les pieds du Christ son fameux parfum dont les pignoufs d'alors lui reprochèrent le prix. Vézelay n'est rien d'autre que le cri d'un amour impérissable et le témoignage de la résurrection du Christ. Il n'y a que cela. L'abbatiale, d'abord simple église carolingienne, construite en mémoire de l'événement et dédiée à la femme qui en fut, à sa façon, l'héroïne, ne célèbre pas autre chose. A nos yeux d'à présent, l'abbatiale est nue comme le texte de Jean, comme un corps sans vêtements qui se purifie dans l'eau du Jourdain. Les verrières laissent entrer la lumière sans la briser ni l'iriser par des vitraux, sauf à l'extrémité du narthex où l'on se demande pourquoi plus tard, un des abbés d'alors a voulu de la couleur. Pas d'ornements non plus, sinon dans les chapiteaux les feuilles, les fleurs, les visages sculptés qui parlent, qui crient, qui chantent. Pas de meubles ; les chaises sont de notre temps, la chaire inutile et les stalles viennent de l'église Saint-Pierre quand elle fut rayée de la paroisse. Rien ne doit distraire le pèlerin de l'intention qui l'a mené ici ni de l'amour qui s'y consume. C'est le style du XIe et du XIIe siècle, c'est le roman, une construction solide et trapue, une masse large sur ses fondations, mais haute et altière, et avec des ouvertures qui ressemblent à des meurtrières d'où l'on peut faire feu sur Dieu et Lui sur nous. Et pourtant, dans cette pierre intérieure en mouvement, qu'on dirait travaillée comme de l'argile par tout un peuple de sculpteurs, les personnages bougent, le vent souffle sur le combat de la foi, sur la réalité du miracle et de l'enfer, sur l'omniprésence du péché et de la miséricorde et tourbillonne sur nous et sur le Christ. Claudel voyait là toute l'histoire de la Bible. « En bande dessinée » dirait-on aujourd'hui. Aujourd'hui il nous manque la musique et les chants d'alors, c'est-à-dire l'expression de la foi, ou la foi tout court. S'il n'y a plus de chants, j'ai peur qu'il n'y ait plus de foi non plus.

Depuis le solstice d'hiver, la lumière semble hésiter, tâtonne, frôle puis touche, caresse puis frappe, tourne, cerne, investit peu à peu, va où on ne l'attendait pas, surgit, embrase, va encore plus loin après l'équinoxe d'automne où elle est encore plus belle. On dirait qu'elle veut conquérir l'abbatiale par tous les moyens, serait-ce en se déguisant en aigle comme le Jupiter d'un chapiteau, ce Jupiter amoureux de Ganymède. Sur tous les points forts, les tours, l'abside, le transept, le tympan majeur, la tribune, les galeries, un trait de notre Soleil jaillit de son cœur de feu, et, si furtif qu'il soit, plante le signe d'une possession royale.

Nous sommes cuits.

II.

DIEU LE VEUT

FINISSONS-EN avec l'esprit de croisade qu'on attribue à Vézelay. Quand on s'est insurgé contre les fausses croisades de nos temps, pourquoi s'enticher du lieu d'où les vraies, la deuxième et presque la troisième sont parties ?

Si l'on dégringole par une pente rase du nord-ouest vers l'ermitage de la Cordelle où, à maintes reprises, les franciscains s'enracinèrent, on atteint un talus où se dresse une haute croix de bois, fichée là en souvenir de la tribune d'où le jour de Pâques 1146, Bernard de Clairvaux laissa son âme déborder. De là on ne voyait pas l'abbatiale, trop à l'abrupt, pas encore terminée et sans chœur gothique. On devinait à peine les remparts. Cent mille, deux cent mille hommes de guerre se pressaient là et écoutaient, médusés par une éloquence tempétueuse, presque pareille à de l'hystérie. À côté du roi Louis VII, de la reine Aliénor d'Aquitaine et des chefs d'armée, Bernard eut tout à coup ce mot d'ayatollah : « Dieu le veut ! » Un irrésistible enthousiasme s'empara de l'assistance, c'est ce que l'Histoire retient : d'un versant caillouteux où l'on a le plus grand mal à se tenir, l'esprit de la deuxième croisade démarra dans le tumulte.

Il faut plaindre un peu cette noblesse, et encore davantage le peuple qu'elle entraînait avec elle. Ce prêche d'un moine inspiré et commis par le pape, cette parole qui rugissait à travers les âmes comme un incendie, ne dénonçaient-ils pas la nostalgie dont souffre notre impérialisme atavique, même si c'est une aventure désintéressée, donc admirablement folle ? Il est vrai que l'invasion arabe avait recouvert l'Espagne après l'Afrique du Nord, il est vrai qu'elle nous atteignait, qu'elle nous menaçait, qu'il fallait la refouler. Dans un grand remuement et froissement de cottes de mailles et de boucliers, dans un emmêlement de têtes tonsurées et de heaumes, dans un tumulte et hourvari de jurons et d'insultes dans toutes les langues du nord, le vent de Dieu souffla, déferla et entraîna l'armée. Un mois de route pour gagner le Midi puis les rivages de l'Adriatique, la Grèce peut-être, l'Hellespont, dans l'odeur du crottin, du cuir et de la sueur, ou bien, après un embarquement à Aigues-Mortes, des escales à Malte et à Chypre, des semaines à vomir tripes et boyaux sur de méchants rafiots, et enfin Tripoli, Beyrouth, Tyr, Saint-Jean-d'Acre, les bordels militaires et les ventrées de couscous, la sottise des chefs, l'insubordination des princes, des combats hasardeux dans les déserts et un retour à la mer en laissant la moitié des troupes derrière soi, sans avoir rien pris que du sable. Les armées de la chrétienté s'étireront jusqu'à Jérusalem, qu'elles arracheront aux infidèles. De victoires en défaites, elles ravageront la Terre Sainte, y fonderont un royaume fantôme qui durera deux siècles, et, à chaque fois, reflueront en Europe avec leurs éclopés. Plus tard, une nouvelle croisade rassemblera des troupes fraîches, dévastera encore tout sur son passage et s'en retournera avec ce qu'elle aura appris et pris, diminuée de ses morts laissés là-bas comme de ses illusions perdues. On n'en finira pas de reprocher les catastrophes à saint Bernard, et lui n'en finira pas de s'interroger. À quoi sert une croisade qui part dans les alléluias et revient poursuivie par les clameurs du *Dies irae*? Où était le triomphe promis ? Que voulait Dieu exactement ?

Nous savons maintenant ce que valent les croisades. Pareil mouvement de multitude transmet le récit plus ou moins véridique de l'épopée. De province en province, de royaume en duché, à travers tout l'Occident, Vézelay joue son rôle d'étoile. Il faut bien parler des croisades, puisque, aux yeux de la plupart, Vézelay, c'est cela. À présent, nous savons que le tombeau du Christ est en chacun de nous et qu'il faut d'abord se délivrer soi-même de l'erreur, de l'injustice et des idéologies meurtrières. Plus de légat du pape sur la colline, plus de rois à genoux. Notre immense fleur de pierre, orgueilleux épanouissement des larmes d'une sainte fille de joie, me serre le cœur et j'entends encore son *« Rabbouni... »* à l'amour ressuscité. Est-ce pour cela qu'à travers ces vallées enlacées dans les brumes, ces terres pauvres où les habitants n'ont guère changé en eux-mêmes depuis Vauban, je me perds dans des forêts semées parfois de menhirs, d'étangs noirs et toujours de secrets ? Est-ce pour cela qu'un peu saoul de fatigue et d'émerveillement, enlacé dans un embrassement de lignes et d'arrière-plans qui ne cessent de reculer, je m'égare à travers moi-même ?

Déjà presque mêlé à la poussière de mes pères les croisés, je ne crois au hasard que s'il s'inscrit dans un destin d'étoiles, je ne me reconnais de patrie que dans la voie lactée, mais la parole d'une belle créature de Dieu me baigne de sa brûlure, et quand le vent souffle du côté de la Terre Sainte, il me semble entendre, qui le porte, une sonate triomphale de Bach.

Vézelay quand on a combattu dans les rangs de l'anticroisade ? D'autres ont cru être ici chez eux, ne serait-ce que — comme des éléphants — pour y mourir. D'autres recevront là l'ordre d'aller à travers une foi difficile jusqu'au moment des certitudes et des éblouissements où Dieu reconnaît qui parle. Même si ce n'est pas le seul point de départ qu'aient eu les croisades, de Vézelay on se souviendra comme de leur tremplin. Pour accentuer encore leur aspect religieux, c'est la parole de Bernard de Clairvaux qu'on retiendra, jalon d'une Histoire où l'on est pourtant peu enclin à la mystique, à ce Dieu-le-veut qui jette l'Europe à l'assaut de l'Asie. Je me suis toujours demandé pourquoi les terroristes de l'intégrisme musulman qui voulaient nous atteindre en retour n'ont pas commencé par frapper Vézelay, symbole qui eût éclairé leur action. Encore aujourd'hui, si l'on interrogeait les pèlerins à propos de ce que Vézelay représente pour eux, la plupart répondraient : « Les croisades. » D'autres ne sauraient rien, d'autres sont attirés par Vézelay comme la limaille de fer par l'aimant, comme je le suis moi-même. La limaille ne sait rien, elle se colle à l'aimant. Pour l'en séparer, il faut l'en arracher.

Que le choix des croisades se soit porté sur Vézelay, il existe une raison. À défaut de Vézelay confluent et point de jonction au nord, pourquoi pas Dijon, Autun ou Cluny qui ont déjà leurs cathédrales ou leurs sanctuaires ? Non, non. Il fallait une grande lumière, une étoile d'épiphanie, un signe du ciel, un lieu où, d'instinct, iraient les foules de ce temps-là, vers la foi. Il n'en est pas de même aujourd'hui. Pourquoi Vézelay ? On s'y écrase, on y étouffe, on revient de là transfiguré. Les croisades épuisées, Vézelay brille encore comme un astre majeur.

À la fin du XIIe siècle, après un nouvel incendie, sans l'aide de Cluny où l'on vénérait aussi Madeleine, mais sous l'inspiration de l'école monastique de Saint-Denis et de Suger, Vézelay a élevé le chef-d'œuvre. L'abbatiale est dans toute sa splendeur avec son nouveau chœur gothique en pierre blanche et colonnes monolithes de Coutarnoux, non loin d'ici, et non d'Andilly comme l'écrit Claudel — où a-t-il inventé cet Andilly ? — une nef de vingt mètres de haut ou presque, en pierre polychrome de Tharoiseau ou de Mailly-la-Ville, parfois grise ou rose ou marron. On reconnaît généralement dans ces alternances de couleurs l'influence de l'église Saint-Philibert de Tournus dont l'abbé, qui était allé en Espagne, s'était peut-être inspiré de la mosquée de Cordoue, comme on admet que la cathédrale d'Avila est une fille de Vézelay. Le porche royal, le plus vibrant qui soit, désormais abrité des intempéries par ce qu'on peut considérer comme une seconde église, le narthex le plus vaste et le plus beau de la chrétienté, avant-corps, avant-port ou avant-toit qui accueille le pèlerin, le prépare et déjà le protège de la lumière qui va le terrasser. Oui, mais quels impôts sur les paroissiens !

Vézelay est un roc, sa réputation n'est pas de douceur. L'abbaye de Girart de Roussillon, une des plus puissantes de

France, ne dépend que du pape et du roi. En rien des évêques ni des seigneurs du lieu. C'est une république théocratique, une cité s'est agglomérée à sa clôture, on y fait commerce, on y bat monnaie, on y compte dix mille habitants. L'abbé s'arroge des taxes sur tout, sur les labours, sur les vignes, sur les pressoirs, sur le vin qu'on ne peut descendre dans les caves ni en sortir sans son autorisation ni ses cordages, sur le blé récolté, sur les pignons de rues, sur les héritages. L'abbé a ses prévôts, sa police, ses gens d'armes, ses bourreaux. C'est l'époque où on crève les yeux d'un bourgeois qui a osé frapper un moine. Haute, moyenne et basse justices sont dans la main des clercs. Pour la haute, il y a maintenant, sur une colline à deux kilomètres au sud-ouest, une ferme à l'orée des forêts de Ferrières, douze gibets, un autre près de la halle, et un dernier place du Grand-Puits. En ce temps-là, plane sur la ville une sorte de terreur avec quoi il ne s'agit pas de plaisanter. L'abbé a droit de vie et de mort. Un jour, les gens de Vézelay, furieux, envahissent l'abbaye et massacrent l'abbé,

Arnaud, un des fondateurs. Le meurtrier, un certain Simon, ne sera jamais arrêté.

Entre partisans des uns et des autres, entre abbés et évêques, entre évêques et seigneurs, entre moines et abbés, moines et bourgeois, les luttes se succèdent. Place importante, agitée, jalousée, férocement gardée, envahie de nuées de pèlerins à héberger et à plumer, Vézelay suscite d'âpres affrontements tandis que l'éclat de sa célébrité le désigne comme point de rassemblement. Après quoi, l'abbaye luttera tant qu'elle pourra contre la féodalité laïque, deviendra principauté, fief avec possessions, terres, forêts. Elle soumettra un temps évêques d'Autun, papes, comtes de Nevers si ce n'est rois de France. Saint Louis y viendra quatre fois pendant son règne, et ce sera la *potestas Vizeliacensia.* Avec le temps, les successions et les revers de fortune, l'abbaye cédera, subira, fléchira. La décadence commencera.

En Provence, des confréries envieuses

répandent qu'on a découvert en 1279 le vrai corps de sainte Marie-Madeleine et qu'on lui élève une basilique. Pourquoi pas ? Une cabale s'étend : Vézelay ne serait plus en possession d'un trésor de la foi. On exige des expertises, les puissances rivales sollicitent l'intervention des papes, des rois, des évêques qui ont chacun leur raison de certifier ou non l'authenticité, de jeter ou non l'anathème. N'empêche, le doute ronge et ravage les consciences. Dès le XIIIe siècle, les pèlerins se détournent de Vézelay, au début du XIVe, l'abbaye perd ses moines, combien en abritait-elle ? Plusieurs centaines comme on le dit ? Les guerres de Religion sont là plus féroces qu'ailleurs, des troupes huguenotes transforment la basilique en écurie et brûlent les reliques en place publique, les catholiques doivent assiéger la ville, la reconquièrent, la hérissent en forteresse et se vengent. On s'étripe, des ruisseaux de sang coulent dans les rues, la ruine s'étend. Ce qui reste de l'abbaye passe sous l'obédience de quinze chanoines à qui on bâtit une suite de résidences liées les unes aux autres par ce qui forme actuellement la rue du Chapitre. Chacun de ces messieurs aura son logis bourgeois, son jardin, sa servante, sa prébende. On a même percé une porte dans le flanc du bas-côté nord de l'église pour leur éviter un pas de trop. La merveille est devenue collégiale. Les chanoines vivent là comme des rats et construisent aussitôt un jubé, c'est-à-dire entre la nef et le chœur, une immense séparation en stuc et en chêne sculpté bourrée de statues et d'ornements de toute sorte. C'est leur fromage : ils s'y cachent, ils somnolent pendant l'office. Et puis, le jubé, c'était la mode d'alors, les chanoines de toutes les cathédrales en collèrent partout. Il faudra deux siècles pour débarrasser nos églises de cette horreur.

Qu'il soit là ou pas, l'abbé, coiffé de la mitre et crosse en main, s'octroie toujours la part du lion : le fief rapporte encore. Quelquefois on se déchire entre clercs, ces messieurs chicanent devant les tribunaux pour obtenir leur part contre des rivaux intrigants, courtisans, jouisseurs, parfois galants qui, au mépris de leur foi, abjurent pour un rien.

Sur les fastes liturgiques, même réduits à la célébration du culte par les chanoines, ont passé des bourrasques. Aujourd'hui, par temps d'Avent ou de Carême où le touriste est rare, l'office se déroule dans ce qu'on appelle la salle capitulaire qui sert de chapelle en hiver, alors on touche du doigt l'effondrement. Un prêtre commente encore l'évangile du jour et distribue la communion. Toute splendeur a disparu. Les idées nouvelles, les philosophes du XVIIIe, le petit Père Combes et le schisme intégriste n'en portent pas seuls la responsabilité. L'Église elle-même a contribué à sa propre perte. Hors de la saison où le monde entier se balade, le grêle, l'incertain rassemblement de brebis où se mêlent parfois de vieux béliers comme moi entend la messe, répond au célébrant par de timides bêlements. Une cloche tinte. Il y en avait quatre au temps de la prospérité, la Révolution en prit trois ; pour les sortir, il fallut ouvrir une brèche dans le bas de leur tour, puis ce fut la restauration de Viollet-le-Duc. Il en reste deux qui ont échappé aux incendies, leur profonde voix antique résonne encore. On dirait cependant qu'ici la foi ose à peine s'exprimer et que les desservants du glorieux Vézelay sont impuissants à réveiller l'esprit qui ne vibre plus sur la cité. « Ne provoquons plus personne », tel est peut-être le mot d'ordre qui échappe des sommets de l'autorité cléricale. « Résignons-nous à notre humilité, à notre pauvreté... »

Car eux, les desservants, n'y peuvent rien qu'en souffrir. De s'être tant enorgueillie, l'Église redoute de se montrer pour ne plus susciter d'hostilité. Même dans un lieu réputé, où ceux que l'Église agace peuvent se dispenser de grimper, les cloches remplissent à peine leur mission de jadis : les dimanches d'hiver, une faible animation palpite encore, la voix de Dieu et des hommes ne participe à la vie de la paroisse que dans la routine. L'exceptionnel, la venue d'une reine d'Angleterre, d'un potentat, d'un monarque d'ici ou d'ailleurs n'inspirent plus. Le bourdon ne salue plus comme autrefois le visiteur illustre, le curé n'est plus comme autrefois le maître. Plus de tocsin non plus ni de grandes envolées de victoires. C'est vrai qu'il n'y a, Dieu merci, plus de guerres et que rien n'est programmé à cette fin sur le tableau électronique qui commande le clocher comme le reste. On a oublié aussi ce qu'était le glas, par scrupule de ne déranger et de n'inquiéter plus personne. On ne sait plus pleurer, ou on n'ose plus. Seule la sirène des pompiers hurle pour les incendies, accidents ou catastrophes. Seul l'angélus dévale encore de la colline trois fois par jour pour annoncer que l'amour est ressuscité.

Peut-être parce que, dans ma jeunesse, un curé de village m'apprit à les sonner, les cloches me manquent, je ne sais pourquoi, quand je ne les entends plus. Une cloche est lourde et lente à manœuvrer. Les tintements exigent l'exercice de tout un art. Aujourd'hui où l'électricité se charge de tout, si elle manque, tout manque. À Paris, si la voix des tours de Saint-Sulpice m'atteint, j'en suis labouré comme si Dieu dominait soudain le bruit de l'industrie, de la misère et de l'argent, et perçait enfin nos cœurs. Paris est la grande Babylone, je m'y sens loin de tout et n'ose même plus entrer dans une église. Cependant c'est à Notre-Dame qu'on entend encore les chants liturgiques en latin, d'une chorale soyeuse, tandis que l'orgue soutient le grondement de fleuve des fidèles. Retrouver les aspérités de Vézelay, la brillance des cierges parfois en buissons de feu, la cloche qui a pour nom Madeleine et se balance par-dessus des vallées me replace comme au centre de l'univers. Voilà le superbe, l'immense vaisseau dressé face à l'est magnétique, fier et de si haut ! Gardé par des bastions plus altiers encore au-dessus d'un énorme rocher, il vogue droit sur le soleil levant, l'éventre, s'éclabousse d'écume, s'en recouvre et, le soir, se charge d'or et de pourpre avant de s'enfoncer dans les étoiles, ah ! Vézelay... La parole de l'Apocalypse me revient en mémoire : « Moi, Jean, j'ai vu un ange qui montait du côté où le soleil se lève... » Certains jours, où la brume s'étend sur toute les vallées pour ne laisser apparaître que l'abbatiale, Max-Pol Fouchet voyait là Elseneur et se prenait pour Hamlet, dans un décor de théâtre. De mon côté, cela me rappelle les mers de nuages que j'ai frôlées de mes ailes, et qui parfois nous protégeaient des canons, et il me semble que ce majestueux vaisseau aux structures du même flanc est un porte-avions d'où l'on décolle souvent vers l'au-delà. On peut s'y affaler aussi, à moins d'être retenu, en pleine vitesse, par des câbles élastiques, des ressorts à longue course et des crocs. Allez donc penser à cela dans le fracas de Babylone !

Vézelay nous catapulte dans quoi ? Vers quoi ? Vézelay avance lourdement dans la houle des collines comme sur une mer démontée, et sa large proue camarde écrase les lames : nuées, flots, forêts s'écoulent sur les flancs de la carène.

Nous-mêmes, pris sans trop savoir dans quoi, bousculés sans trop le sentir, nous ne savons que dire. Quelque chose nous serre la gorge. Où nous sommes, perchés sur une dominante pour se protéger de l'ennemi et pour reconnaître de loin l'ami qui approche, les hommes ont toujours prié. C'est là que les moines détrousseurs ont ramené leur trésor et précipité la chrétienté vers l'ardente amoureuse et l'incorruptible témoin, au point qu'on ne sait plus si c'est l'amour d'une femme à travers le divin ou l'inverse que nous célébrons là, à travers la beauté du lieu et des pierres. Est-ce qu'on pourrait aimer ainsi sainte Marthe ou sainte Mélanie ? Allons, il n'y a que Madeleine. J'ai écouté de vieux religieux parler de la basilique comme Abélard parlait d'Héloïse. Marchant dans la nef, ils imaginaient fouler son corps nu, et, atteignant le chœur, caresser ses lèvres et son front. Les architectes se sont passé les uns aux autres l'idée maîtresse, la flamme, le génie, ils ont eu leurs élèves. L'œuvre inspirée a-t-elle besoin de leurs noms ? Ils se sont effacés plus que les artisans qui gravaient leur marque sur les pierres, et ils sont morts. Comme les moines, ils ont peut-être laissé leurs os au pied du monument, au sud-est, à l'angle du cloître, là où était le cimetière des familiers, et, peu à peu, avec les guerres et les profanations, mêlés à la poussière, le vent les a peut-être emportés à travers les astres. Un donateur de cloche reste dans le bronze avec sa cloche, pas un bâtisseur de cathédrale, mais le bronze lui-même ne vit qu'un temps et a son âge : il se fêle, il se brise, il se fend. La pierre aussi.

De la terrasse, la vue s'étend presque sans limites vers les espaces d'Orient dans un infini de brumes bleues. Les collines nous cernent, de loin, comme pour nous laisser respirer un peu, et au nord, une vallée sépare notre rocher des forêts qui attendent l'automne pour roussir. Au centre d'un cirque montueux, immense bâtiment accroché à la forte houle de la mer, au ciel et à lui-même, Vézelay vogue sans broncher, sans rouler ni tanguer. Immobile en apparence.

Au XVIIe siècle, on parlait de Vézelay comme d'une ville aux maisons couvertes de paille et hantée de tristes mines. À part la collégiale qui respirait encore, c'était la pauvreté, presque la honte, pour l'église Saint-Pierre réservée aux domestiques de l'abbé et pour l'église Saint-Étienne qui desservait le bas. Sombre époque où l'on ne comptait pas dix toits honorables et où vivotait un couvent d'ursulines. De Bazoches où il tirait des plans de citadelles pour toute l'Europe et la Méditerranée, Vauban, colossal fils du Morvan, fulminait contre ses compatriotes « lâches et paresseux » et leur jetait en opprobre « le vide de leur vie ». Sur la colline sacrée, l'abbaye n'existait plus ou presque, à peine son cœur battait-il encore, et la cité s'était dépeuplée. Quand la révolution éclatera, le joug ecclésiastique aura cessé de peser sur la contrée mais il en restera le souvenir. On a honte de ces siècles où une veuve ne pouvait se remarier sans offrir une grosse somme à l'Église, où les maisons de certaines rues et pas seulement les bordels, devaient payer une taxe à l'économe du monastère, où chaque réception d'abbé coûtait cher, où le 2 juillet 1761, il avait même fallu payer les vitres cassées par les coups de canon d'honneur.

En 1789, les habitants d'Asquins rédigeront des cahiers de doléances à présenter aux États Généraux : « Le village d'Asquins, distant de la ville de Vézelay d'un quart de lieue, de dix lieues d'Auxerre où est établi le bailliage royal et la juridiction consulaire dont il ressort, n'a pour territoire que des coteaux arides et incapables en partie de recevoir aucune espèce de culture. Le produit onéreux des vignes est la seule ressource des habitants, duquel produit nous payons le seizième à nos seigneurs de tous nos biens en général. Les meilleures terres en prés, les bois appartiennent à nos seigneurs du Chapitre de Vézelay qui partagent dans l'oisiveté le revenu des plus riches propriétés. De là sur les habitants contribuables qui paient seuls les impositions... »

Du village d'Asquins situé dans un fond de vallées du nord, on aperçoit à contre-jour Vézelay, sombre et dominateur. L'abbatiale y apparaît solitaire, forteresse hérissant le rocher plus que lieu de clémence et de dévotion, plus menaçante que bénissante, et exigeant trop de corvées. On n'y chérit guère Vézelay. Les fortes têtes du canton, des culs-terreux, de pauvres diables encolérés enfonceront des portes, briseront des statues, et, sans le savoir, en appelleront à Dieu contre les despotes et même contre les simoniaques qui tirent profit des grâces spirituelles et de la naïveté du populo. Plus tard, un généreux franciscain qui n'aime ni les chanoines ni les abbés prévaricateurs, dira que cette fureur ressemblait à celle du Christ chassant à coups de lanière les marchands du temple. Les sculptures haut perchées sur la façade et le chef-d'œuvre du tympan intérieur échapperont à ce vandalisme vengeur. Grâce aussi au sieur Lecoq, prêtre républicain et assermenté, qui se montrera prodigue en *Te Deum* et en messes du Saint-Esprit devant les officiers municipaux.

En décembre 1790, les membres du Directoire d'Avallon signifieront aux chanoines que la Madeleine a cessé d'exister.

Le dernier abbé, Louis-Marie Le Bascle d'Argenteuil, d'une puissante famille du Tonnerrois, avait déjà transmis ses pouvoirs à M. de Saint-Phalle, doyen du chapitre, et revint en hâte de Versailles pour assister à la fin de son abbaye. Son prédécesseur avait abattu le vieux palais, trop incommode à son gré, pour le remplacer par un édifice où s'engloutit ce qui restait de la fortune des moines. Le nouveau palais était-il achevé ? Le doyen du chapitre n'eut pas à se poser la question de savoir s'il allait lui-même y habiter : de la substance matérielle de l'abbaye il ne resta pas pierre sur pierre, mais la Révolution fut moins pillarde que les marchands de biens qui tirèrent profit de tout. En hommage peut-être à l'Être suprême ou à l'immortalité de l'âme que reconnaissait le peuple français, l'église dédiée à la ci-devant Marie de Magdala devint propriété de la nation, aux soins de la commune, et, à part le porche extérieur, les frises, les voussures et quelques fragments d'arceaux, l'ensemble fut épargné. Le Christ en gloire demeura presque intact dans son tympan.

Cinquante ans plus tard, un écriteau mettait en garde les visiteurs sur le danger mortel dont ils étaient menacés en s'aventurant là. Suprême abomination : le narthex était devenu latrines publiques.

En 1843, en pleine restauration, la voûte centrale s'écroulait.

J'ai souvent pensé à cet amas de décombres que, sans Mérimée, serait la Madeleine. Des murs affalés, une façade à demi effondrée, le tympan intérieur peut-être préservé grâce aux solides soutiens de l'avant-nef, le tympan extérieur limé par les pluies, le gel et les profanations, tel qu'on peut le voir encore, déposé près du cloître. Partout des tambours de fûts de colonnes, des débris de chapiteaux. Serait-ce moins respectable ? Cet amoncellement misérable serait-il moins émouvant que ce que nous avons sous les yeux, où toutes les pierres sont à leur place, là où les ont voulues les architectes, toutes travaillées par une multitude de compagnons tailleurs, sculpteurs, maçons ou charpentiers, toutes fixées, toutes marquées d'un signe, reliques déjà d'un rêve, d'un désir religieux et de la force qui les a érigées ? Une masse de ruines sublimes ne serait-elle pas plus impressionnante qu'un vaisseau à demi fantôme à bord duquel seules quelques âmes embarquent encore ?

C'est vrai, le responsable de la survivance s'appelle Prosper Mérimée, le célèbre écrivain que M. Thiers, ministre de l'Intérieur, nomma en 1830 inspecteur général des monuments historiques du Second Empire. Quand Mérimée pénétra dans la basilique, des débris de voûte lui tombaient sur la tête. Il en eut le cœur serré. Il avait trente et un ans. Viollet-le-Duc suivit, qui en avait vingt-huit. L'ardeur et la folie de leur jeunesse sauvèrent Vézelay.

« Vézelay malade de la pierre », disait à cette époque Jules Renard qui n'aimait pas grand-chose. Jaloux peut-être ? De quoi, de qui ? Il habitait Corbigny, tout près, dans une région de douces collines. De son passage sur terre, il reste la maison où Poil de Carotte est né, le puits où sa mère s'est suicidée, l'ancien presbytère où il a tant écrit en face de ses deux ennemis, la croix et le château. Il était devenu maire, ses relations de Paris et son titre d'académicien Goncourt lui valaient du lustre. Sous des marronniers, à l'entrée du village, son buste fut cependant barbouillé d'excréments, le jour de l'inauguration, par les mêmes idiots qui scient chez nous les arbres de la liberté. Le tortillard passait au pied du canal, la petite gare est toujours à deux pas. Aimait-il tellement se déplacer ? En ce temps-là, il fallait des chevaux, une patache, les routes étaient creusées d'ornières, et Jules Renard n'était pas homme à s'aventurer en bicyclette. Avec un de ses riches amis, il se baguenaudait parfois en limousine automobile, j'ai lu je ne sais où que c'était une De Dion rutilante. Vézelay où il alla deux ou trois fois, probablement au moment des travaux de restauration, excita sa verve. Sa tombe est au cimetière de Corbigny, modeste et massive : on est dessus dès qu'on entre, plus émus qu'on ne le laisse paraître. Revenons vite chez nous.

III.

MONTAGNE DE JOIE

IL Y AURA bientôt un quart de siècle, de la maison que j'habitais on voyait les tours de la Madeleine. Qu'on me dise pourquoi j'ai trouvé là le sentiment d'une protection et pourquoi je n'ai jamais cessé, un seul jour, de me répéter la parole — si profanatrice qu'elle soit — de la Religieuse portugaise qui s'adressait à son galant officier perdu : « Je ne souhaite rien en ce monde que vous voir : au moins souvenez-vous de moi... » Qu'on me dise pourquoi, chassé de là par les hasards de la vie, je n'en suis parti que pour tenter de m'en rapprocher plus encore. En amour, on va, on vient, on s'en va, on revient, une force vous arrache, vous déracine ou vous ramène. Tout se machine, se trame ou se complique presque hors de vous.

À une certaine époque, ma femme et moi, d'où nous vivions, on ne voyait plus Vézelay, mais Vézelay commandait. À deux cents mètres de chez nous, les bords d'une chaussée gardaient les traces d'une voie romaine. Les traces, c'est vite dit. Dans le pays, personne ne parlait de cette voie romaine. C'est par la carte d'état-major qu'on savait qu'elle existait et qu'elle se dirigeait vers le nord, par Vézelay. À faible distance de notre château branlant, l'expression de la carte : *« Ancienne voie romaine »* s'appliquait à certaines portions de la route, et à un endroit où la route tournait pour pénétrer dans le village et disparaissait dans un pré pour réapparaître plus loin. À des siècles de distance, six, sept ? deux croisades étaient passées par là dans un vaste craquement d'essieux, d'innombrables hennissements et tout le mouvement d'une armée de plusieurs dizaines de milliers d'hommes.

De cet événement-là il ne restait rien. Aucun habitant d'alentour ne se souvenait d'avoir jamais entendu parler, par qui que ce soit de ses ancêtres, d'un déferlement pareil. Rien n'était resté dans des mémoires de mémoires. Dans le pré qu'elle écornait, la via Agrippa — c'était son nom — n'avait rien laissé d'elle non plus. L'humus, les blés, les orges, les luzernes avaient recouvert les pierres, les dalles et le mortier. Pour extraire de vagues débris, il aurait fallu retourner la terre et creuser. Pour quels résultats ? La carte au cinquante millième suffisait bien. Elle suivait l'ancienne voie depuis son origine, Milan, et de là Lyon, puis la plaçait chez nous où elle atteignait une départementale droite comme un i, rejoignait la nationale et franchissait une assez longue distance.

Je me remettais à courir vers Vézelay. Je traversais Saulieu, *Sidoloco*, où je m'arrêtais chez un jeune cuisinier inspiré, Bernard Loiseau, et, de là, je piquais en plein sur Avallon, *Aballo*, où la célèbre voie était absorbée par ces messieurs les maîtres des chaussées modernes. Ces messieurs se l'appropriaient sans plus, sans références, comme ces messieurs les topographes ne daignent pas toujours non plus noter l'assise sur quoi ils s'appuient. Les voitures, les poids lourds, les cars empruntaient l'ancien parcours des légions de Rome, repris par les armées des rois de France et des empereurs d'Allemagne : un cheminement défoncé, crevé de fondrières, et non pas rénové et facile comme aujourd'hui. Pour moi, en désir de Vézelay, je filais, je filais sur l'antique et vénérable tracé, recouvert et même dévoré par la nationale 6 puis par la départementale 957, jusqu'à déboucher sur un paysage plutôt chinois où toutes les lignes incertaines se confondaient et toutes les vallées se mélangeaient pour s'écarter encore. Là, soudain, on se demandait quel mystère planait ou si c'était l'ange à l'olifant qui nous conduisait d'un vol un peu chancelant. Est-ce qu'il aurait bu, par hasard ?

Tout à coup, à la cote 318, à la croix d'où l'on surgissait de l'est, sur une falaise détachée des autres, apparaissaient les tours sacrées qui, dès lors, dominaient l'ensemble comme si elles étaient là depuis toujours. Le soleil n'avait pas dissipé toutes les vapeurs du matin qui s'étiraient encore sur les hauteurs et dans les creux. C'était là que Claudel faisait échouer la barque de Béthanie avec Lazare, Marie-Madeleine et toute la smala. C'était cette terre qu'un savant amoureux du lieu, le P. Pascal Seynhaeve, appelle « désirante » parce qu'elle a soif de légende et de culte depuis toujours. C'est de là qu'à l'équinoxe, on voit le soleil couchant se confondre avec la basilique dans une boule de feu : on se croirait à un moment de la création, on ne sait plus qui brûle ou qui est brûlé. L'envie me prenait alors d'arrêter la voiture en bordure du fossé et de crier comme les anciens pèlerins : « Montjoie, colline, montagne de joie ! » *Mons gaudii.* Le rituel conseillait alors de se laver le membre viril, *lava mentula*, dans un rû. Ma femme aurait eu raison de m'accuser d'exhibitionnisme. Je n'osais pas. Nous dégringolions sur Saint-Père, nous nous hissions sur la dernière aspérité. Enfin, nous y étions. Comme un pape, je baisais les dalles de la basilique et je tirais de mon cœur un verset du cantique : *Ouvre-moi, ma sœur, mon amie, ma colombe, ma parfaite...* J'allumais un cierge devant la sainte courtisane. Je murmurais : « Ramenez-moi près de vous, s'il vous plaît, vous me manquez trop. »

Quelque chose se produisit. Cette fois, notre maison fut presque en face d'elle. À deux pas. À la toucher du doigt.

À mi-chemin d'Avallon, là où les pèlerins tombaient à genoux, il suffit de quitter la route et de s'enfoncer en pleine campagne. Parfois le chemin est barré par de lourds bestiaux sortant d'une ferme ou la regagnant. Là commence une autre existence sur un autre rythme, à la cadence du pas des bergers qui ont le loisir de surveiller la lune et de savoir dans quelle direction souffle le vent. Les vallées se creusent davantage, les voies carrossables deviennent grimpettes, raidillons ou cavées, et parfois débouchent sur des mouvements du sol où l'on dirait que l'homme s'en est allé, qu'il n'y a plus que ses traces : les cultures. Les haies vives deviennent fourrés, les prairies s'abandonnent à des vaches paresseuses, harem mythologique en promenade sur quoi veille un taureau soupçonneux. La forêt domine l'horizon et peu à peu ferme le cercle mais sans nous étouffer. Elle n'en finit pas mais cède parfois tout un versant de terrain aux champs, aux maïs, aux hameaux. À toutes les nuances des bois vivants succèdent toutes les variations d'ocre, de vert et d'or.

Arbre de la civilisation d'autrefois, le cerisier couvrait les collines par vergers entiers, souvent dans les vignes. À Vézelay même, il en reste une bordure sur un chemin des pentes nord. Presque personne n'y passe plus. Les cerisiers fleurissent au début d'avril sans que les touristes s'en aperçoivent puis rougissent, au mois de juin, criblés de fruits aigrelets qu'on peut cueillir pour « se rafraîchir », si l'on veut. Les oiseaux s'en régalent. À dos d'âne autrefois, on vendait les cerises dans tout l'arrondissement et au-delà. Le cerisier a disparu avec les vignes après la guerre mangeuse d'hommes et après le phylloxéra. Et puis c'est trop délicat, trop compliqué, et ça ne rapporte plus assez, dit-on.

Dernier arbre de nos pères, le noyer peut-être. On le coupe, son bois se vend cher. Il y en a de moins en moins, car il grille aussi pendant les hivers rigoureux, une fois par siècle. On dit qu'à Vézelay la Révolution fut douce. Pas pour les noyers qui gelèrent en 1790. Vézelay en a planté autour des remparts ; en automne les pèlerins et les gendarmes peuvent ramasser les noix dans l'herbe. Une année, la municipalité eut l'idée de vendre la récolte, un cantonnier peignit de grands numéros rouges sur leur tronc. On mit les arbres en adjudication. Mais comment veiller au respect du bien d'autrui quand ce bien choit de lui-même et s'offre aux passants ? L'idée ne tint pas. Les noix de Vézelay sont à qui les veut.

Aux approches de l'été, Vézelay sent le miel. Autrefois on cueillait les fleurs du tilleul. Aujourd'hui, il vient des pays où l'on accepte encore de se baisser pour ramasser des centimes ou des millimes : la Pologne ou l'Albanie. Pas chez nous. De-ci de-là, de puissants marronniers en grappes blanches ou roses servent à soulager les rhumatismes. Un marron d'Inde dans la poche aide un genou à rouler dans ses articulations, dit-on.

La forêt de la Madeleine couvre encore des milliers d'hectares ; les chênes de la marine de Colbert y sont rois. Il en existe encore. Le plus vieux a trois siècles : entouré d'humbles compagnons qui veillent sur lui, des charmes, il a sa cour. À l'écart des routes, il commence à se déplumer. Je vais l'embrasser de temps en temps. On croit les chênes immortels et pourtant leurs racines progressent en surface : un ouragan d'il y a quelques années en a abattu des centaines, pareils à des guerriers dans un combat entre géants. Est-ce dû à leur écorce lisse et grise ? Les hêtres résistent mieux. L'orme est plus rare, comme l'érable et le bouleau. Avec son tronc luisant, le merisier est le premier à fleurir ; à l'automne, il dresse ses houppes d'un rouge vif ardent. Ses fruits noirs savoureux, les merles les goûtent au bon moment. L'acacia abonde, les abeilles le pillent. À présent, des tranches de forêt appartiennent à la propriété privée et sont converties en résineux qui jurent avec le paysage mais poussent plus vite et produisent de la pâte à papier. Notre siècle ne s'attarde pas à la beauté, il veut ce qui rapporte.

De tous les points de la rose des vents, la forêt borde la vue, sauf à l'est où la Cure qui descend des hauteurs du Morvan a mis des millénaires à percer des falaises que, le plus souvent, elle contourne. Ceinture épaisse et drue, hantée de chevreuils et de sangliers qu'on ne croise jamais, la forêt, si elle n'est pas domaniale et asservie, devient touffue, impénétrable, repaire de brigands ou de déshérités. Quand on en sort, les collines s'écartent, un vallon découvre sur la rive d'en face les tours blondes familières. C'est Vézelay vu de quelque distance, en haut de son éperon. L'abbatiale élevée à la gloire de Marie-Madeleine ressemble à une forteresse, les murs de sa longue nef sont des remparts, car il existe une similitude entre les redans et les courtines d'une citadelle et les arcs, pilastres, embrasures ou frises d'une église. La foi exige de la rigueur. De loin, au-delà d'une coulée de prés, de vignes, de landes ou de boqueteaux, tout au fond d'un horizon dont l'azur est la couleur d'appui, on pourrait s'y tromper.

C'est tout juste si nous n'avons pas de bâton de marche en main et, sur l'épaule une coquille de pèlerin. Si, par les mouvements onduleux d'une terre qui change de caractère, on s'écarte encore, la nature perd son apparence tourmentée, devient d'une douceur presque languide. De plus loin encore, on devine Vézelay, à la même hauteur ou presque des crêtes qui composent le paysage. On peut alors gagner une église solitaire, posée ou accrochée en pleine campagne selon le cas, avec son cimetière, au sommet d'une côte ou d'un piton, pareille au tumulus d'un héros. Peut-être aurais-je dû commencer par là.

À Brèves, non loin de la tombe de Romain Rolland, l'étendue entre les frontières de l'Yonne et de la Nièvre est toute bossuée de ces buttes. Le mieux encore est de se hisser en haut de Metz-le-Comte, de Mont-Sabot ou de Saint-Aubin-des-Chaumes, qu'on aura peut-être du mal à dénicher sur la carte. La plupart du temps, les huis sont bloqués ou cadenassés. À travers un trou de serrure ou la disjoncture d'un panneau, on aperçoit dans la pénombre un autel vermoulu aux dorures écaillées et parfois blanchies par les déjections de chouettes, des chandeliers qui ont échappé à la rapine, un crucifix ensommeillé dans sa douleur, un baptistère, et, flasque comme une peau de couleuvre abandonnée, une corde qui devait jadis actionner une cloche. On se résigne à contourner l'édifice autour de son toit de lauzes et de sa tour biscornue, on lit des noms sur les tombes, on espère vaguement le passage de quelqu'un. D'une vigne qui pourrait fournir le vin de messe, les pampres débordent, et les vrilles, par-dessus la clôture, s'enlacent à une croix ou à une dalle. On pousse une grille qui grince sur ses gonds, on s'assoit au pied d'un mur à demi écroulé.

Un retour obligé sur nous-mêmes

ramène au principe qui nous a tirés du néant sans nous en demander la permission. Perdus dans l'univers, les pieds sur les tombes désarticulées, prêts à glisser déjà, holà ! si on nous y poussait tant soit peu, dans la mortelle éternité, nous admirons d'où nous sommes les remparts de notre citadelle mystique qui brille au bout de l'horizon comme le ciel d'un tableau. Intacte, préservée, presque immatérielle. Pour moi qui me sens un peu dans l'Apocalypse, l'ange m'entraîne sur une montagne pour me montrer Jérusalem la resplendissante.

On peut avoir la chance d'être là au moment où, parce qu'on est à la veille d'une cérémonie, quelques fidèles ouvrent l'oratoire pour le faire respirer et poussent ses portes à demi rongées. Une bouffée de vent s'engouffre, soulève un remugle de poussière et de vieil encens, entraîne les senteurs de l'air libre et quelques insectes dans un remous : si c'est l'été, une libellule, une abeille, une guêpe, parfois un bourdon. Fébriles, presque égarés, ils se mettent à tournoyer dans l'air immobile et engoncé. Sur l'autel, les fleurs des vases sont desséchées et, sur les tombes, on ne dépose plus que des roses artificielles. La naïveté de nos paysans préfère au périssable les couleurs qui durent et prolongent l'illusion de la vie. Après tout, que désire-t-on quand on est mort ? Aurait-on des préférences ? Cependant, à la Toussaint, ce seront de vrais chrysanthèmes au parfum amer, en pots, et vifs. Le temps viendra, la lassitude aidant, où l'on aura aussi des chrysanthèmes en plastique, plus beaux que les vrais, peut-être odorants si la chimie s'en mêle. La veille du 15 Août, pour la Saint-Roch, patron de l'église, ou pour la fête du village, les dames d'œuvres s'armeront d'un bouquet de leur jardin. Comme en famille, elles laveront les dalles, essuieront les bancs, changeront une nappe d'autel. De l'eau s'égouttera sur les marches de l'entrée, la guêpe et le bourdon, s'ils sont encore là, viendront boire à une petite flaque.

Un pied parmi les tombes, on peut alors détailler le décor entre le premier plan branlant et notre Vézelay spirituel, au loin. De grosses fermes aux pignons à demi cachés se carrent, suivant la saison, jusqu'au versant où, à l'opposé du nôtre et presque à portée de mousquet, s'étale l'énorme château de Bazoches, ancien quartier général de Vauban ; tout pareil à lui, botté de granit, chapeauté de nuages qui ressemblent à des plumes, solide d'épaules, protecteur de tout un fouillis de vallées minuscules où se logent des hameaux aux noms de fontaines. Il est vrai que, de là, les eaux dégoulinent de partout et débordent des abreuvoirs et des lavoirs désormais inutiles ; plus de chevaux, plus de laveuses. Quant aux vaches des étables, il leur suffit d'appuyer du museau sur leur mangeoire : un ressort se déclenche, ça coule, elles n'ont plus qu'à se laisser sucer les mamelles par la trayeuse électrique. Ça coule aussi, c'est du lait.

De notre observatoire, on croit respirer une odeur de purin et de poulailler. En descendant, si nous passons par là, on nous jettera un regard oblique. Autrefois les fermiers étaient d'appartenance de l'abbaye : ils payaient la taxe des labours et des moissons, ils payaient les messes de funérailles et les obits, autant dire que leurs défunts n'étaient pas gâtés.

Dans le cimetière qui s'agrippe comme il peut à sa nacelle chancelante, j'aime, en été, partager une tranche de pain et de jambon avec ma femme ou un ami. La bouteille est là. Dans nos verres une rasade de vin blanc des autres vignes qui couvrent les pentes sud de la basilique : leur jus est clair, sec, gaiement fruité. Entre vivants, nous trinquons à des morts si anciens que leurs noms sont effacés, ou que la dalle de leur tombeau est fendue. Nous méditons sur le nombre des années où une pierre garde trace du ciseau d'un graveur : il faut compter sur l'ardeur du soleil, les giboulées, la neige, le gel. Le calcaire ne résiste même pas à un siècle, quant au granit, il demeurerait intact, mais chaviré sur un amas de décombres. Les bords extrêmes du cimetière s'effondrent ou se hérissent dans un tohu-bohu de Josaphat : les corps en poussière n'en ont pas jailli. Ils attendent, pas toujours patiemment. À coups de pied, les vieux se font repousser par les jeunes qui se targuent de modernisme : on ne sait pourquoi, on les recouvre à présent de verre de bouteille pilé et broyé, peut-être pour leur rappeler quelques vagues odeurs de futaille.

Buvons. Si je voulais imiter mes aïeux, je dégusterais avec un brin d'affectation et ferais claquer ma langue quoique le jus de nos vignes à nous ne dépasse pas une modeste renommée. Chablis n'est pourtant pas si loin ; même Irancy, Coulanges-la-Vineuse et Saint-Bris-le-Vineux ne sont déjà plus de notre lignage. Quant à Montrachet ou Meursault, c'est une autre planète. Le vin rouge qu'on récolte sur nos pentes venteuses ne manque pas de verdeur, cependant mieux vaut n'en point parler. S'il est bien élevé et traité, le blanc a de la qualité : il se hume et se déguste, sent l'aubépine et met en joie, file à flot dans les auberges de la région, et même dans la fameuse Espérance, c'est lui qui brille dans nos verres. Vidons-les après une libation aux morts antiques et aux nouveaux, à ceux qui marinent dans la paix comme à ceux que rongent les tourments, à ceux qui se sont éteints avec un nom chéri sur les lèvres comme aux déshérités de l'amour, aux ex-privilégiés de la fortune, à ceux que nous serons, heureux si le sort nous dépose là, en butte peut-être aux brises et à la bise comme à tous les effluves, mais en position favorable sous les étoiles et sous l'égide de la Madeleine dont les cloches nous berceront quand soufflera le vent du nord. À vous tous, messeigneurs, et à nous !

Félicitons les trépassés de la beauté qui les entoure, du ciel qui étincelle, de ce coin de planète dont les photographies de satellites nous révèlent qu'elle est bleue, ennuagée d'écharpes comme Iris, et messagère d'amour. Après tout, qui les empêche, nos trépassés, de risquer un œil ou de passer l'épaule par-dessus une dalle craquée ? Peut-être en effet ai-je eu tort de commencer ce livre autrement, peut-être était-ce par l'un de ces monticules presque indiscernables qu'il fallait précautionneusement aborder notre vaisseau. Notre réale a escamoté ses propres dévots et ses moines, et jusqu'à leurs tombes. Les voici boulottés, confondus en elle avec le mortier des bâtisseurs, sauf deux ou trois seigneurs que personne ne connaît plus. Que souhaiter de mieux pour finir, très chers frères, moines ou pas, amoureux d'une amoureuse, pulvérisés et incendiés par l'amour ? De là, si les nouveaux desservants qui ne veulent plus de latin nous y autorisent, nous entendrons au loin, dans notre mémoire, des bribes de chant grégorien comme des vols de colombes et de corneilles qui tout à coup se lèvent, s'en vont et disparaissent en virevoltant...

IV.

SEULE LA ROSE

VIOLLET-LE-DUC, quand il était enfant, croyait que la musique d'orgue de Notre-Dame de Paris jaillissait de la rose au-dessus de la tribune. La première fois qu'il grimpa à Vézelay, à cheval, il avait à peine vingt-huit ans, l'ardeur et le génie débordaient de lui, et il fut frappé d'amour lui aussi. Il n'en crut pas ses yeux. De la Madeleine, il a laissé d'admirables dessins et aquarelles qu'on peut voir au musée lapidaire.

D'un bout à l'autre, il empoigna l'édifice, démontant les voûtes qui risquaient de s'effondrer, les remontant pierre à pierre, les étayant de nouveaux arcs-boutants, coiffant les chapiteaux de motifs floraux ou reprenant les scènes bibliques sans toujours réussir à rendre une âme aux personnages. Et pourtant là s'inscrit toute l'histoire de l'homme en route vers Dieu et de Dieu en route vers l'homme de Ganymède à saint Paul. On se dit, ici et là, que notre restaurateur aurait peut-être agi plus sagement en se contentant de sauver ce qui tenait encore, même éclaté, même délabré, plutôt que de tenter l'impossible : remplacer les maîtres de ce temps-là arrivés à l'unité de lignes après tant d'essais, tant de reprises et de repentirs et un temps si long. Sous les yeux de Viollet-le-Duc l'édifice s'écroulait et il l'a relevé, les murs du chœur tenaient par miracle et il les a consolidés. Certes, l'esprit, quand il s'est envolé d'un toit comme un oiseau, ne revient pas forcément s'y poser. Sur les linteaux des arcades, au-dessus des portails, les sculpteurs s'étaient laissé libre cours, non sans maladresse parfois. Si on ne bâtit pas un chef-d'œuvre tous les jours, on ne relève pas non plus la Madeleine d'une nouvelle mort sans que le verbe divin n'aide à la ressusciter. Sortant des mains de Viollet-le-Duc, le premier porche de la Madeleine qu'on dirait de béton travaillé, ressemble un peu à Lazare s'extirpant du tombeau, encore embarrassé dans ses bandelettes, étonné de ce qui lui arrive et muré dans un silence ahuri. Sur tout cela il faut se reporter au seul ouvrage de référence qui soit, à *La Madeleine de Vézelay* de Francis Salet, édité en 1948 à Melun par la librairie d'Argences, livre épuisé, introuvable et inestimable, complété par une étude iconographique de Jean Adhémar, sans oublier l'étude de Victor Petit sur l'arrondissement d'Avallon, publiée à Auxerre en 1870 et sans cesse rééditée.

Si nous en revenons aux comparaisons maritimes, on peut dire aussi que si Viollet-le-Duc a remis à flot notre réale, elle continue, de sa large étrave, à fendre les nuages en silence dans le seul bruit de l'éternité éventrée. Viollet-le-Duc n'a pas touché au grand tympan que le narthex protège désormais des intempéries. C'est l'œuvre de génie, le cœur de la centrale nucléaire qu'est notre joyau, l'estrade d'où le Christ, impatient de son immobilité, va se dresser et s'élancer à la conquête du monde. Francis Salet n'a pas de louange assez vibrante pour son auteur : « Le Maître du Tympan s'y est plu, et il a mis à le traduire en pierre tout son amour et toute sa foi, car il donnait ainsi vie et plénitude au corps de Dieu, il le vêtait de splendeur... » Francis Salet en bave et il a raison. Nous en bavons tous : le Christ en gloire de Vézelay, c'est la merveille de la chrétienté.

Plus sensible au symbole qu'à sa ciselure, je reçois là, en pleine face, le contrecoup de la démence sacrée dans laquelle ont travaillé les artistes, les maîtres, les apprentis qui ont taillé d'innombrables plis et d'innombrables spirales, remous des quatre vents des abîmes, surgis parfois du sud, parfois de l'ouest, ouragan de pierre qui nous aspire et nous engloutit pour nous projeter dans la lumière du chœur.

Pourquoi ne poserait-on pas non plus sur la basilique le regard qu'on aurait pour une statue d'Aphrodite en pleine nature, que le soleil pourrait bronzer, la pluie flageller ou la neige recouvrir ? Qu'y aurait-il d'indécent puisqu'il s'agit d'amour spirituel ? Lorsque le gel cristallise la neige, fige l'azur du ciel et sucre de glace les toits et les tours, notre basilique devient alors ce lys éclatant dont j'ai parlé. Claudel venu ici au printemps a discerné une miche de pain blond qu'il n'aurait jamais osé comparer à la hanche d'une pécheresse. Pourquoi Madeleine ne serait-elle pas comme notre cœur la voit ? On ne dit pas que le Christ l'a aimée (on dit que c'est un disciple qu'il aima), mais qu'éprouvait-il pour une pépée comme elle, lui qui était aussi un homme ? N'est-ce pas parce qu'il la vit en larmes qu'il ressuscita Lazare ? Notre pécheresse est sainte, mais elle est belle aussi, de taille juste comme il sied, émoustillante, juteuse, pulpeuse, irrésistible. A la cour d'Hérode, petit roi de Palestine peut-être, mais riche et orgueilleux, et dont la société n'était pas plus dépravée que la nôtre, notre sainte pécheresse devait être une courtisane un peu olé olé, et de qui pourrait-on dire cela de nos jours ? Rien de maniéré chez elle, ni de provocant comme chez Marilyn Monroe ou Brigitte Bardot, ces princesses de la futilité, et qui se souvient d'une Martine Carol ? Je verrais plutôt Madeleine comme quelqu'un de réservé qui aurait pu être une fille facile, dame honorée, héroïne quand il faut, prodigue de courage et, si ravagée qu'elle pourrait être alors, encore séductrice en diable comme en Dieu. Osons le dire : son charme vous en flanque un coup. Elle a du chien.

Aujourd'hui suspectées par les hautes instances de l'Église, les paroles du Cantique viennent spontanément aux lèvres :

À la jument qu'on attelle aux chars du Pharaon, je te compare, ô mon amie,

tes joues resplendissent parmi les collines.

Telle est l'idée que j'ose me construire de cette personne dont les moines un peu loufoques de Girart de Roussillon sont allés dérober les ossements. Est-ce vrai ? est-ce faux ? On se l'est déjà demandé. À leur place, j'aurais agi comme eux, au diable les grincheux ! Les ruines de cette beauté, les ont-ils, comme le croient certains franciscains d'aujourd'hui, gardées un siècle dans leur confession souterraine, leur premier oratoire, avant d'annoncer qu'ils les offraient à la vénération des fidèles ? Alors, d'un coup, tellement immense fut la renommée de ces reliques qu'à Vézelay tout est dédié à l'ancienne pécheresse. Les Pères de l'Église ont beau la désigner comme la fille de mauvaise vie que le Christ laissa approcher de lui et à qui il remit ses péchés, n'empêche, les miracles pleuvent et cela suffisait à nos pères. Elle devient leur coqueluche.

Autrefois, pour atteindre l'abbaye, on empruntait une longue rue fort ardue de montée, au pavé raboteux séparé par un ruisseau central où piétons et chevaux glissaient. Ce n'est plus le cas. Les voitures automobiles grimpent allègrement quand les trottoirs ne sont pas encombrés par d'autres véhicules à l'arrêt. Aucun maire n'a pu venir à bout de la résistance de ses administrés. Depuis le temps que Vézelay s'oppose aux abbés, aux comtes de Nevers, au roi, aux évêques, aux huguenots, aux représentants du pouvoir ou même à la République comme à qui que ce soit qui veuille légiférer ou décréter, montez comme vous pourrez, à pied, en break tiré par un cheval, comme il en existe en saison, ou dans votre propre bagnole. Personne ne vous tracassera.

À l'Hôtel de ville, noble demeure dont Vézelay a hérité en 1919 de dame Adrien Borot, veuve, morte en 1925, il y a, accroché dans l'entrée, face à la porte qui ouvre sur les salles des tapisseries flamandes, un tableau qui veut représenter Saint Louis, le 24 avril 1267, à son retour d'Orient, lors de ses visites. On a du mal à croire qu'il s'agisse d'ici, car la nef où se déroule la cérémonie n'est pas la nôtre, et là où, d'habitude, la lumière du chœur de pierre blanche éblouit, le peintre a entassé de l'ombre, à peine percée sur la gauche d'un pâle rayon. Sous un dais d'où tombent d'immenses rideaux pourpres, le roi, couronné et sceptre en main, assis sur un trône drapé d'azur à fleurs de lys, regarde vaguement ce qui se passe : le cardinal Sainte-Cécile distribue des reliques à des évêques mitrés en chape d'or, et, semble-t-il, en dépose aussi dans une châsse ouvragée qui semble une réduction de la Sainte-Chapelle.

Sur le cadre de ce tableau de Charles Goureau, on lit qu'il a été donné à la ville en 1830 par le comte de Chastellux. On peut saluer l'intention de l'artiste : il nous montre le légat du pape, les prélats, le roi qui n'a pas l'air de s'amuser, la soldatesque sur les bas-côtés. Tout y est, sauf Vézelay. La toile, déjà effacée par les ans, est grignotée par les rats. Il ne faut pas les déranger, les uns les autres. Qu'ils continuent.

Les paysans du Morvan se sont relevés de leur condition misérable. Il y a un siècle, un notable du lieu, conseiller à la cour impériale, qui aura un cousin président d'un conseil de la IIIe République, disait d'eux qu'il n'en était plus un seul qui ne possédât une vache et n'engraissât un cochon. De nos jours, malgré le phylloxéra et deux guerres, une longue période de paix a apporté la prospérité.

Ce n'est plus d'une vache par foyer, c'est d'un troupeau qu'il s'agit. En décembre, on fête la saint-cochon dans chaque ferme, et les plaintes des égorgés, comme les soupirs d'aise des convives qui s'en collent plein la lampe, s'étirent sur tout le Morvan. Au pied de la colline, à Saint-Père, à deux pas d'un clocher de gothique flamboyant, l'hôtel de l'Espérance reçoit. Si la gloire de la Madeleine semble éternelle tandis que les gloires terrestres souffrent de hasards, les gloires culinaires ont pris chez nous le pas sur beaucoup d'autres, parce qu'elles procurent une satisfaction raffinée. À Saint-Père-sous-Vézelay, Marc et Françoise Meneau, enfants du pays, touchés par le don de la grande cuisine, ont fondé leur dynastie sur le bonheur qu'ils prodiguent. Leur nom n'éclipse pas celui d'Inghelbrecht, mais qui connaît encore Suger, ministre de Louis VII et inspirateur d'art sacré ? Et ne pourrait-on pas se demander si une littérature engagée comme celle de mon maître Romain Rolland lui-même, si admiré qu'il soit, compte encore beaucoup dans les préoccupations de nos compatriotes ?

À l'Espérance, chez les Meneau, on célèbre la saint-cochon en lançant une vaste invitation, on élève le sacrifice de l'animal à la hauteur d'un rite, et le régal qui suit, bacchanale sans bacchantes, saturnales sans orgie, s'étend sur toute une journée. Il y a là comme une religion païenne qui atteint au sublime du goût comme ailleurs on approche le sublime de l'âme, mais à l'Espérance, je me demande parfois si le succès n'est pas le signe que Vézelay change d'ère. Qu'on me pardonne l'expression si elle offense : je crains que la saint-cochon n'ait remplacé la Saint-Bernard. Et cependant c'est peut-être grâce à la saint-cochon que les chœurs de la Chapelle Sixtine viennent chanter sous les voûtes de la basilique. Ah ! qu'ils les comblent de leurs puissantes voix roucoulantes jusque dans les tribunes et dans les hauteurs du narthex comme dans les galeries intérieures, qu'ils les comblent à craquer de la louange d'amour du Cantique : *Tota pulchra es*, « Comme tu es belle, mon aimée, comme tu es belle... » Que leur tempête palestrinienne batte à la gloire de la superbe, de la sublime, de l'aussi resplendissante que Jérusalem, à la gloire de Madeleine comparée à la vigne, à la splendeur noire de la reine de Saba à qui Salomon ouvrit son lit quand, de si loin elle vint le voir pour vérifier s'il était aussi grand roi qu'on disait : *Nigra sum sed formosa...*

Étrange paroisse que la nôtre. Commençons par l'espace du silence où autrefois tournaient en grinçant les ailes d'un moulin. Romain Rolland n'est pas resté à Vézelay, qu'il n'aimait pas tellement et qui n'était pas tellement ses oignons. Alors pourquoi était-il là ? Et pourquoi n'y aurait-il pas été ? Il repose à Brèves, sur l'autre versant de la forêt, avec sa femme Maria Kondacheva, à qui Claudel doit deux passages ici. Max-Pol Fouchet s'était préparé une place au bout du rocher battu par les vents. De là, dominant le vide et se croyant toujours à Elseneur, il s'interrogeait comme Hamlet à l'aplomb de l'abîme. Il n'est pas seul. Tout près de lui, fleurit un rosier sur la tombe d'Ysé, l'héroïne de *Partage de Midi*, inspiratrice de toutes les femmes amoureuses dans l'œuvre dramatique de Claudel. Venue ici en avril 1940, avec le maître qui essayait de la confier aux Rolland à ce moment dramatique de l'Histoire, elle n'y resta pas. Il est vrai qu'elle avait alors soixante-dix ans, qu'on la disait amère et que Maria Kondacheva ne la supporta pas. N'empêche. Ysé revint mourir chez nous onze ans plus tard, et maintenant resplendit. Sur sa pierre est gravée une des « Phrases pour éventail » : « Seule la rose est assez fragile pour exprimer l'éternité. » Georges Bataille est tout près, si modeste qu'il faut beaucoup le chercher pour découvrir son nom. Ma bien-aimée et moi serons plus bas, à côté de Zervos le mécène et de sa brillante compagne, au pied de la basilique et de la miséricorde. De l'autre côté d'un mur, là où, quelques années, l'âne Ulysse fit retentir sa voix, se hissent des lilas et des pommiers. Au printemps, les merles chantent. Trois fois par jour, les cloches déboulent de toutes les collines.

Remontons sur le plateau, débouchons sur l'ancienne chapelle des Ursulines qui avaient là un modeste couvent rasé par les marchands de biens plus que par la Révolution, et un parc jalousement clos, qu'elles gagnaient par un passage souterrain désormais bouché, et qui dévalait par terrasses jusqu'à une tour. Devant le parvis de la basilique se serraient jadis des boutiques, celle du changeur qui s'appelait Simon, et tout un groupe de logis où, à présent, s'accotent les résidences des sœurs franciscaines, l'hospice jadis hôtel où l'abbé choyait ses invités, un cabaret cabalistique près de la rue du Chevalier-Guérin dont personne ne sait qui il était, une salle gothique d'expositions et de consultations électorales, en face de laquelle éclate au mois de mai une fabuleuse glycine qui embaume et sous laquelle travaille un peintre sculpteur inspiré par l'Enfer de Dante, une femme qui ressemble à un personnage de pietà. La vraie ville commence. Dans la rue des Bochards vécut la mère du cardinal de Richelieu, fille d'un Bochard né ici. Rue du Guichet, rue de la Poterne, rue du Grenier-à-Sel, rue de la Halle, place de la Belle-Croix, place du Barle, où est ce qui fut ? Où retrouver ce qui n'a jamais été ?

Là, on s'est tellement battus entre moines, entre abbé mitré et chanoines, répétons-le, entre curés et francs-maçons, papistes et parpaillots, le canon a tellement tonné, le sang tellement coulé, on a tiré tant de traits et de coups de couleuvrine, déversé des remparts tant de poix fondue, la bisbille a tellement régné entre ceux qui commandaient et ceux qui devaient se soumettre, entre gens d'armes et gens de robe, consuls et paysans, qu'il en est resté quelque chose. Vézelay est une cité où l'on conteste. Le haut regrette de ne plus régenter le bas, le bas méprise le haut, le milieu s'intègre mal entre eux. Hors des limites, il y a maintenant la caserne des pompiers et la gendarmerie, non loin du lieu sinistre où se dressaient autrefois les fourches patibulaires.

De la contestation que la ville a connue pendant des siècles, il reste que les habitants n'échappent pas à la prétention de vouloir être considérés comme ils l'entendent. Même si elle appartient à un laïc, la maison du doyenné reste à l'écart par ses grilles, et des murs séparent les résidences des anciens chanoines dans la rue du Chapitre où passent les convois mortuaires. À l'occasion, il arrive que des clans se mêlent les uns aux autres ; à peine s'effleurent-ils avant de s'éviter, qu'ils rentrent chez eux. À Vézelay existe-t-il des lieux publics où l'on se réjouisse entre amis ? Si l'on festoie, cela doit se passer en catimini et, de préférence ailleurs qu'ici où les restaurants semblent réservés aux touristes. Si l'on est du lieu, on peut, à la rigueur, vider un verre dans un bistrot. Il en existe deux ou trois, modestes, où l'on regarde sans les voir les gens qui passent. Les scandales sont rares, on ne s'affronte d'habitude pas en public. Dans la paroisse, la basilique est désormais seule à servir au culte, les vantaux monumentaux du parvis ne s'ouvrent que pour le funèbre, les noces ou à la sortie de messe des dimanches d'été. Le vent, le froid sont des excuses pour tout tenir clos, car, à la belle saison, les hirondelles pourraient s'engouffrer là comme dans une prison et y périr. La maison de Dieu ! N'y aurait-il pas là un piège pour les âmes ? Certaines y pénètrent, oui, des âmes, ne savent plus comment s'en aller et meurent là, sans secours. Si, par hasard, on était en quête de cérémonial, mieux vaudrait aller, en plein Morvan, à l'abbaye de la Pierre-qui-Vire où une centaine de moines et un abbé pratiquent le rituel avec dilection et chantent en grégorien, mais le meilleur est de rester où l'on est et de partager la prière et le pain avec les siens.

Vézelay n'est rien qu'un souvenir du passé, la résonance d'un mot et de l'idée qu'on s'en fait. Quels desservants, d'hier ou d'aujourd'hui, seraient de taille à se mouvoir dans un lieu si grand ? Les célébrations n'y sont plus riches, rien n'est riche à Vézelay, sauf le 22 juillet, fête de sainte Marie-Madeleine où, depuis peu, le clergé a ravivé la tradition tombée en désuétude depuis la Révolution d'honorer les reliques par une procession autour de la basilique et une exposition devant le chœur. Au mois de mai, un pèlerinage portugais emplit la nef de chants et d'acclamations. Au moins est-ce un peuple ardent, qui se précipite en masse sur ses casse-croûte et prie sa madone à lui, à sa façon à lui. Il peut se produire aussi qu'un bataillon de scouts surgisse comme une armée de croisade, passe la nuit dans les bois sous la tente, parfois sous la pluie, se lève à l'aube, traverse la ville d'un pas martial à la lueur des torches. Dans la basilique, un successeur de saint Bernard exhorte le bataillon à la vertu, aux hardiesses de la foi, à l'interprétation de la Genèse. On peut alors penser que Dieu est encore parmi nous : les voûtes résonnent du *Credo* en latin, ce qui réchauffe le cœur du vieux croyant que je suis, tellement endolori par les timidités et les béguètements de l'Église moderne qui ne se souvient plus qu'elle a une langue universelle tant elle craint de n'être pas comprise des générations montantes.

Que ne craint-elle pas ? Nos pieuses chorales, même relevées d'une flûte ou d'un hautbois de hasard ou même d'une jolie voix, mâchouillent souvent de la guimauve car nous sommes pauvres et sans moyens de nous enfiévrer de nouveau pour le service divin. Le mieux encore est de se résigner, de se soumettre, non sans mélancolie, à ce qui est. Un brin d'humilité ne messied pas quand on a été choyé par Dieu et par la vie. D'ordinaire, la basilique, hélas, n'est qu'un musée profane et parfois profané par des impudeurs ou des souillures. On y entre par l'huis bâtard, on y parle à voix haute, on photographie beaucoup, on écoute les guides des universités américaines, on allume des cierges de la procure du clergé. Pour entendre de la musique sacrée, il faut attendre le passage des chœurs de Cologne, du Morvan, de Hambourg ou de Rome.

Quelquefois, pour la reine d'Angleterre ou pour un ancien président des

États-Unis qu'on encadre de sbires, le préfet est là, le maire passe son écharpe sur une épaule qu'il protège de son parapluie, on mobilise les gendarmes, on allume les lumières, et le père franciscain de service, en veston, car les religieux ne se présentent plus en robe, répond à quelques questions touchant les siècles et les événements du passé. Les cloches ne sonnent pas et si, par hasard, je le demande encore comme je l'ai demandé pour le passage du chancelier d'Allemagne, on n'écoute pas. Il est vrai que je ne suis qu'un laïc contestataire dont il faut se méfier, tout le monde le dit, mais je suis aussi un poète qui sais voir au-delà. Ce jour-là, alors que les puissances d'outre-Rhin n'étaient jamais venues ici qu'avec leurs armées en temps de guerre, où jamais le drapeau noir, jaune et rouge de la RFA n'avait flotté à côté du nôtre à l'Hôtel de ville, les gardiens de la foi se sont méfiés et ils ont peut-être eu raison.

Parmi les hautes autorités diocésaines, quelques esprits chagrins s'offusquent parfois si quelque libéralité religieuse est accordée à un non-croyant. Ainsi, à la mort de Max-Pol Fouchet, on a reproché au responsable intrépide et inspiré qui osa faire sonner les cloches à toute volée en l'honneur d'un agnostique, d'avoir, des marches du narthex, accueilli le corps recouvert du drapeau rouge et de lui avoir ouvert la nef avec le *kyrie* du *Requiem* de Mozart. Ce jour-là, je fus désigné pour prononcer l'éloge funèbre. Même quand tout ne nous y enchante pas, comment la basilique pourrait-elle ne pas être notre toit, notre refuge et notre dilection suprêmes ? Celle à qui elle est dédiée pourrait-elle nous quitter sans verser un pleur, sans un regard pour nous qui l'avons tant chérie ? En vérité, d'elle ni de son cœur je ne doute. Elle ne se trompe pas de galants. Elle n'en a plus tellement.

À Vézelay, où l'on n'est pas d'abord facile, tout le monde se connaît et s'ignore, on y est comme partout cancanier et pointilleux, on s'y occupe de tous et de chacun, il n'est pas toujours aisé de savoir qui dénigre ou qui aime, encore que le verbe aimer soit peu usité dans nos murs où l'on se déclare facilement de soi, de caste, d'humeur, de coterie, de famille, parfois de rien ou de tout. Qui peut savoir chez nous, comme dans toute la France, ce que pense son voisin ? Depuis la Révolution où il suffisait de peu de témoignages pour être déporté et où les vieux chanoines décatis furent éloignés, qui peut savoir pourquoi quelqu'un est détesté ou pourquoi on ne le fréquente pas ? Les chanoines, c'était le ciel qui les punissait pour avoir boutiqué leur abominable jubé qu'on eut du mal à démolir. Se fréquente-t-on chez les scorpions ? Nous nous frôlons, nous entrons parfois les uns chez les autres. Rarement. Si quelqu'un salue trop franchement, il n'est pas d'ici. Chacun est étranger pour chacun, les étrangers plus que tout, ou moins, c'est selon. Il n'est pas de berger à notre troupeau, ou alors dans le secret, si peu que rien.

Tout a changé depuis l'an mil, est-ce bien sûr ? Le percepteur a remplacé le changeur et n'habite plus proche de l'abbaye, mais en bas, presque en face d'une ancienne maison de plaisir encore marquée d'un cœur gravé au-dessus de la porte et d'une perle d'argent pour déceler le poison, à moins que ce ne soit le symbole de l'amour imputrescible. Rue du Tripot, tout en haut, presque à toucher le porche vénéré, un autre cœur éclate sur le chambranle d'un autre seuil. Le dernier notaire nous a quittés, le collège a disparu. Rares sont ceux qui n'ont pas profité de la vente des biens du clergé même quand il s'agissait de petites choses, d'une paire de casseroles ou d'un lot de tuiles. Certains, comme dans toute la France, ont fait de bonnes affaires. S'il arrive qu'on plante un arbre de la liberté, il ne pousse pas. Le dernier en date, mis en terre à l'occasion du deuxième centenaire de la Révolution, a été scié dans la quinzaine qui a suivi. Par qui ? Sûrement pas par des gens de chez nous. Quelquefois, un drapeau noir flotte au-dessus d'une tour. Quelquefois, un inconnu coupe l'électricité au milieu d'un concert. Des gens d'ailleurs. Des jaloux. Ou alors des contestataires qui s'ennuient dans cette réserve de Terre Sainte qu'est Vézelay, où vivent quelques artisans solitaires dont je m'honore d'être avec quelques amis fidèles autour d'un chef-d'œuvre de pierre, symbole de la victoire divine sur la mort. Au fond, à une nuance près, nous devons les uns et les autres penser de même. Sous l'écu des armes de la ville, à trois fleurs de lis d'or bastionnées d'une châsse, un porc-épic est suspendu. Cela doit signifier qu'il y a du pointu chez nous. Nous aimons le lieu où nous sommes, où le sort ou la naissance nous a placés, nous en ressentons de l'orgueil, mais nous ne le disons pas.

V.

UN LIEU SI HAUT, SI PUR...

MOÏSE n'est pas venu frapper notre rocher de sa verge comme il a frappé le rocher d'Horeb. Vézelay a toujours manqué d'eau. Au point qu'il arriva une fois, chez un certain Massa, d'éteindre un incendie avec du vin. L'eau, l'abbaye en accablait de corvées les habitants d'en bas, fatigués d'en monter de la vallée et, malgré ses soixante-quinze mètres de creux, le grand puits, sur la place qui porte son nom, n'a jamais rien donné, même aux Romains, et a été comblé.

Sous la terrasse qui s'étend devant les restes du cloître, une citerne, soutenue par neuf colonnes ouvragées, recueille les eaux de pluie du côté sud. C'est la plus vaste de la ville : plus de seize mètres de long, plus de six de large, plus de trois de profond. En 1723, l'abbé concéda aux habitants le droit d'y puiser. Il en est d'autres, parées parfois d'inscriptions ou de vers en latin : là où était jadis la glacière de l'abbé, près du Chapitre, pour les eaux du côté nord, celle de la place Belle-Croix devenue place du Marché, celle de Saint-Étienne, celle du Barle, sur le champ de foire. Dans la crainte du feu, quelle maison n'avait pas la sienne ?

Rares étaient les fontaines. Et lointaines. Et coûteuses. La fontaine Madeleine où ne coulait qu'un fil sur les pentes sud-est du rocher ; la Grande Fontaine, aux Grands Jardins, à un kilomètre et demi sur la route de l'Étang ; la Fontaine Nouvelle, presque rien au sud de la Goulotte, et dans le bois de Ferrières d'où jadis on extrayait le fer, un gros trou ; et Versauce.

Aujourd'hui, fontaines ni citernes ne servent plus. Les fontaines sont presque taries et les eaux des citernes pourrissent depuis qu'un maire à qui la population a élevé un monument au cimetière a négocié l'achat d'une source à Asquins, capté celle de l'Étang et construit des réserves avec tout un savant système de pompes et de compresseurs. Si un incendie éclate et qu'un orage coupe l'électricité, il arrive qu'on ne sache plus tirer les eaux dormantes de la ville ou qu'on ne pense plus à les aspirer et qu'on laisse brûler des tours. Ce qu'on craint ici, ce n'est pas l'inondation, c'est le feu. On l'a bien vu au cours des siècles, où la basilique brûla plusieurs fois jusqu'en 1819, chaque fois avec une légende d'atrocité. La Madeleine, qui s'y connaît en coups de foudre, flambait comme une torche.

Creusées sous chaque édifice comme sous chaque logis dans un granit rose désagrégé, les caves, à colonnes ornées de feuilles et de fleurs comme celles des citernes, sont superbes, majestueuses. Parfois munies de cheminées grandioses, ce qui laisse supposer qu'elles aient pu servir à toutes sortes de célébrations ou à y enfourner les pèlerins, surveillés ou ravitaillés par d'étroites lucarnes dans les voûtes. De ses propres caves, Max-Pol

Fouchet, qui habitait l'ancienne fabrique de la monnaie, disait par plaisanterie qu'il les transformerait un jour en *night-club.* À Vézelay, le ciel et la terre vivent en concubinage, comme moi avec la Madeleine, comme nous tous avec Dieu. Sauf peut-être pour les carmélites, mais nous n'en avons pas ici, il n'est pas de sacrement de mariage entre la créature et le créateur. C'est pourquoi je n'ai jamais appelé Marie-Madeleine que Mademoiselle, et il n'est pas impossible que Satan possède ici plus d'un domicile discret. Chez nous, quelque chose, mais quoi ? s'interpose toujours entre l'esprit et ses vergers, entre Dieu et le désir qu'on peut avoir de Lui.

Rien n'est comme on voudrait que soit ce lieu si haut, si pur. Si pur ce rocher miné, ce navire dont les soutes ont servi de géhenne ou de chapelles cabalistiques ? La sorcellerie, les forces telluriques, les courants infernaux se mêlent à la clarté des antiques solennités, à l'éclat des soleils de solstices frappant les pierres là où ils doivent, selon les calculs des astrophysiciens et des mages. Chaque année, à la même époque, apparaissent les mêmes étoiles et les mêmes oiseaux migrateurs qui retrouvent leur territoire. Il y a lutte entre les étoiles qui ne bougent pas, comme accrochées au sommet de l'univers visible, et les autres, qu'une gravitation lie à leur galaxie, et la même lutte s'engage entre les oiseaux qui demeurent parce qu'ils sont fixés là, et les migrateurs. Ainsi nos choucas et les freux des plaines, dont on croirait qu'ils ont perdu leur sens d'un ailleurs ou du changement, ainsi les pigeons dans les boulins de leurs colombiers, ainsi les tourterelles qui ont oublié Istanbul et à qui, l'hiver, ma femme donne graines de chènevis et couennes de lard, redoutent le retour des hirondelles et essaient en vain de les repousser. Mais le nombre a raison du droit, et les combats cessent vite pour une coexistence de saison.

Aucun lieu n'est, semble-t-il, à la fois plus léger et plus pesant, plus fatal. Qui le touche s'y brûle et ne se remettra jamais de son approche, même à distance. Qui a bu de son vin aura toujours soif. *Ton sein est une coupe arrondie où le vin ne manque pas...* Qui s'est réchauffé à ses flammes aura toujours froid ailleurs. Qui a contemplé une fois cette ville et ses remparts ne pourra plus se passer d'elle, qui a dormi là ne rêve que d'y mourir. Quelque chose d'indéfinissable, peut-être d'infini, vibre en soi, qui agit dans la conscience ou l'inconscience, les articulations et les replis du corps et de l'âme dans la lumière ou dans le trouble. Tout varie selon qu'on vient soi-même du nord ou du sud, ou que l'on hante les pentes nord ou le versant sud, selon qu'on voit les murailles et les tours comme une protection ou comme les hérissements d'une citadelle. Certains parmi nous, dans la basilique, touchent les colonnes lisses et douces du déambulatoire comme des tentations, d'autres comme des supports de défense. On ne sait au juste pourquoi ni comment, Vézelay qui a élevé jadis un temple à Bacchus en a élevé un autre à la gloire d'une courtisane amoureuse d'un prophète. On ne sait pourquoi une sorte de vague félicité, toute spirituelle peut-être parce que les bâtisseurs sont des moines, s'empare de soi. On se grise des vapeurs d'encens d'un amour terrestre qui devient amour mystique alors que certains abbés ont laissé un nom à cause de leurs frasques : luxure, cupidité ou cruauté. Des hommes chastes érigent un monument à une pécheresse repentie, secrètement chérie pour la beauté de son corps autant que par ses excès d'adoration, et transforment la maison de Dieu en un château de délices, à moins que ce ne soit encore en un bastion. Pour l'atteindre, les uns l'assaillent avec échelles et cordées, les autres empruntent la simple et rude voie des pèlerins et se regroupent sur le parvis où ils se déchirent à qui entrera le premier. La poterne des félicités n'ouvre qu'à l'aube et ferme avant la nuit tandis que tourne, souvent dans le vide, souvent à sec, la noria sans fin des touristes. Lieu à part, lieu d'exception qui se laisse malaisément déchiffrer, simple pour les uns, pour les autres multiple, obscur ou étincelant, clair ou abstrait, joyeux ou menaçant, Vézelay sera toujours décisif et absolu, rien ne s'y machine sans passion. Chacun s'en tire comme il peut. D'ordinaire on ne s'en tire pas.

Les pierres de la crypte où repose la châsse, les veines de granit qui marbrent ce rocher, les colonnes de lumière du déambulatoire, j'ai envie moi aussi de les caresser, à la dérobée comme si je redoutais que le geste dénonce un amour païen. Toute dévotion doit garder un certain mystère. Les bras en croix, qu'on les étende chez soi, entre le Seigneur et soi, si on en éprouve le besoin. La relation d'intelligence entre la basilique et soi, entre la pécheresse et soi, est une affaire intime, une convention qui n'échappe à personne, ou encore comme un serment échangé. Nulle nécessité de prendre le reste du monde à témoin, au contraire. « Quand tu jeûnes, parfume-toi. » Déjà, si quelque étranger me dérange quand j'allume un cierge à ma belle, je ne sais plus quelle mine adopter. Si, par hasard, je rencontre quelqu'un de connaissance, je ne fuis pas, et nous parlons de tout, sauf du sacré, ou s'il s'agit du sacré, de façon légère et même un tantinet dérisoire, comme d'une chose sans importance. Comme nous parlions jadis, jeunes officiers, d'une dame un peu collante peut-être, qui ne marchandait pas ses faveurs.

La meilleure saison de Vézelay est l'hiver. Des touristes surgissent encore car rien ne les arrête, ceux-là, même pas le verglas. Leurs véhicules sont équipés pour une expédition vers le pôle nord. L'hiver, les habitants et moi sommes plus libres, il y a comme un semblant de quoi ? de quelle connivence ? qui brille dans nos regards. Les résidences secondaires sont vides. À l'aube, la terrasse enfin déserte ressemble à un coupe-gorge avec hululements de chouettes et hurlements de bourrasques. Il vaut mieux ne pas s'attarder dans les étranglements où le vent s'engouffre. Les vrais amoureux sont là et se rencontrent dans les rues aux huis barricadés comme au temps où rôdait la police de l'abbé. Le facteur passe encore, le mécanisme automatique du clocher déclenche à heure fixe l'angélus. Un beau jour de février, à peine précédés par la rumeur d'un chuchotement, des moines et des séminaristes de la communauté de Saint-Serge de Zagorsk, au nord de Moscou, descendent d'un autocar avec leurs archimandrites en robe noire, à un moment où la météorologie annonce des tourmentes de neige. Nos majestueux vantaux tournent alors sur un soleil glacial, les visiteurs d'une autre planète se forment en procession, entonnent des hymnes en slavon à la gloire de Marie-Madeleine et baisent les ossements mystiques. Un petit nombre de fidèles interloqués se mêlent à eux, la visite prend alors une allure d'Épiphanie. On dirait que, surgis du fond des âges, les rois d'un Orient lointain déposent aux pieds d'un dieu nouveau-né leurs présents. Ce jour-là, par-delà les crêtes proches, la voix de bronze des cloches, celle des moines aussi coulent à travers des fleuves immenses, des monts, des villes, jusqu'aux extrémités de la planète, jusque dans le cosmos, parmi les spoutniks, les satellites et les fusées. Par l'étrangeté de la circonstance, par l'encens dont ici on est si avare et qui s'élève enfin en volutes épaisses, nous nous souvenons des parfums que notre bien-aimée a répandus à profusion, pas seulement la rose de Jéricho, la myrrhe et les parfums d'Arabie, mais encore du chypre, de la courbarine, du cinnamome, de l'ambre et de l'ilang-ilang mêlés à du musc et du benjoin. Tout répond enfin, semble-t-il, à l'attente informulée. À ce qui apparaît des confins de l'Europe et presque de l'Asie, à travers des infinis de steppes, de neige, de clochers à bulbes peints, de capes brodées, de toques, de longues barbes, de diacres porteurs d'icônes, de dais à ostensoirs, se mêle une flambée de foi naïve au point qu'elle en devient viscérale, si peu pareille à la nôtre, telle que nous n'oserions jamais la montrer dans la crainte de scandaliser notre clergé peu sûr de lui-même, si effacé, si discret, soucieux de ne jamais dépasser la bienséance de ce qui peut être dit sans offenser personne, croyants ou incroyants. Notre clergé si œcuménique peut-être, dans le sens où il n'y a plus que l'adoration qui compte.

Dans ces moments trop rares, on voudrait être celui qui a reçu commandement d'élever sur la montagne une maison qui soit la plus riche de la cité sacrée, de la sainte Jérusalem où nous rêvons d'habiter. On voudrait être aussi, à soi tout seul, le peuple chrétien, avançant innombrable, un cierge à la main, face à l'amoureuse bien-aimée, premier témoin de la Résurrection. La demi-obscurité devient une irradiation de lumière, les fortes vibrations et les retombées des voix nous entraînent dans une mélodie qui ressemble déjà à un au-delà enchanteur, un peu lourd. C'est de cette église-là, de cette nef éternelle comme de cette âme, que nous sommes et voudrions être à jamais pour nous déclarer de Vézelay, encore qu'il y ait mille façons d'en être. La plus vraie, la plus sincère peut-être serait celle qui se tait, comme il y a mille façons d'être fidèle dont la plus simple est de rester où l'on est et de regarder sans broncher les événements s'écouler. L'amour est dans le silence et l'effacement mais aussi dans de précieuses inspirations de frivolité, mêlées aux hymnes d'allégresse pascale, et il arrive qu'on se comporte dans un lieu saint comme dans un lieu profane, comme si on appartenait à la cour de la femme irrésistible que Claudel s'obstine à appeler la « sainte pénitente ». Dangereuse créature qui pourrait nous entraîner Dieu sait où, si Dieu justement n'y avait mis le holà par son commandement de ne plus Le toucher. Nous aussi, ne touchons plus, jetons-nous, la tête la première, dans le crématorium des amours interdites.

Vézelay eut longtemps la réputation d'une ville triste et presque déserte, à l'aspect sombre et sévère. L'engouement subit pour Vézelay est-il né de la présence de Romain Rolland, prix Nobel, qui y vécut les dernières années de sa vie ? Il y reçut, je l'ai dit, par deux fois Claudel, son ancien condisciple de Louis-le-Grand, tout brûlant de prosélytisme et peut-être en désir mondain de convertir la femme de Romain Rolland de la foi orthodoxe à la foi catholique. Qui saura jamais ? À Avallon, Bernanos encore inconnu venait en vacances au château des Alleux où il lisait des pages du manuscrit de *Sous le soleil de Satan* à son ami Robert Vallery-Radot qui finira moine cistercien. Inghelbrecht dont on dit qu'il était violent et emporté, écrivait la musique qu'une ballerine dont il était amoureux dansait sur des pelouses proches de la basilique. Non loin de là, le professeur Louis Pasteur Vallery-Radot possédait, au-dessus des étangs de Marault, un grand château Louis XIII où il invitait pendant l'été la crème de l'intelligentsia parisienne : François Mauriac, le poète Paul Valéry, des étoiles de l'Opéra et de l'Académie. Que de châteaux ! Le Morvan en est criblé. D'ordinaire, à part celui de Vauban et ceux des ducs, ils sont modestes, pointus, en voie de délabrement, passant de famille en famille, parfois de main en main, merveilleusement biscornus comme celui où Balthus peignit, quelques années, des chats endormis et la même demoiselle nue entre des rideaux bleus. Marault c'était pendant la Deuxième Guerre mondiale, l'essence manquait, on allait à Vézelay en calèche et à break attelés à des chevaux qui montaient les côtes à l'allure du pas. Au retour, on s'arrêtait à la terrasse du café de l'Europe à Avallon, en brillantes tablées. De Damas où il était secrétaire à l'ambassade de France, le jeune Henri Petit écrivait des chants d'amour incandescents à la Madeleine.

C'était le temps où Vézelay n'appartenait pas encore au patrimoine tumultueux du monde mais seulement à quelques-uns, à quelques peintres, à des artisans dont je ne suis pas sûr qu'ils mesuraient leur privilège à sa juste valeur. L'architecte Badovici recevait des poètes. Dans la grange qu'il habitait, encore, sur les murs, deux vers de Jean Follain :

L'oiseau qui chantait dans la cour du chapitre se tut

et quatre de Paul Eluard :

La confiance est dans
la poitrine
la robe de leurs
seins se lève.

On peut penser que Vézelay inspira à Eluard le poème *Liberté* que, sous l'Occupation, Max-Pol Fouchet publia à Alger dans sa revue *Fontaine*. Le peintre Fernand Léger, qu'assistait un troisième Simon d'ici, travaillait non loin de Le Corbusier, au bas de la rue de la Porte-Neuve, et Zervos, le fameux mécène et amateur d'art, de qui Eluard écrivait que la vie était amère sans lui et sans sa femme, avait bâti, sur une proche colline de l'ouest d'où l'on dominait Vézelay, une sorte de blockhaus ou de sous-marin, invivable. Ça y est encore. La Ville qui a hérité de tout, ne sait qu'en faire. De là, on admirait le rocher en forme de scorpion, l'église souveraine, on regardait d'un œil rêveur la houle minérale, l'immensité des forêts, puis on remontait devant l'ancien caboulot où Viollet-le-Duc jouait au billard pour occuper ses soirées, on passait devant la demeure natale de Théodore de Bèze, maintenant une boucherie, le sang y coule toujours. Plus tard, le sculpteur Dodeigne essaya d'installer un atelier dans le bas de la cité mais ne tint pas longtemps, Max-Pol

Fouchet acheta une maison sur laquelle les nuages venaient buter et Maurice Clavel s'installa au pied du versant nord. De mon côté je profitai d'un toit où la municipalité avait renoncé à abriter un hospice. J'y suis toujours. C'est l'ancien jardin du couvent des ursulines que la Révolution s'acharna bêtement à chasser. À quelques pas, la façade sacrée vous écrase, un peu en oblique. C'est la tour en diamants du Cantique, d'où la bien-aimée vous épie, on a parfois envie d'échapper à une œillade si appuyée.

Le vent souffle toujours, de longues fumées de charbonnières s'étirent sur les forêts, peu d'étoiles brillent dans la nuit humide, et le soleil des aubes, enfoui l'automne et tout l'hiver, n'apparaît qu'au printemps jusqu'au milieu de l'été. Du nord j'aperçois une forteresse dressée sur un quartier de ciel. Riant ou sombre abîme selon les saisons, aubes souvent cachées par la masse du noble édifice, tel est Vézelay pour ses proches, et il arrive qu'on lui tourne le dos comme à quelqu'un de qui on ne peut pas se passer mais qu'on ne peut plus supporter. Et cela, si ce n'est pas de l'amour au plus haut degré, si ce n'est pas de la rage, qu'on me dise ce que c'est.

On se rencontre peu, ai-je dit, sur ce rocher de calcaire rose. D'ordinaire, sur convocation de l'Hôtel de ville ou des Amis de Vézelay, on se réunit à la salle gothique, au-dessus d'une profonde galerie où sont entreposés les derniers pressoirs qui restent de la gloire des vendanges : des machines superbes, très lourdes à manier, de chêne ou de châtaignier. Pour l'inauguration d'une exposition, le passage de l'évêque ou le dépouillement des scrutins. Là, les contacts sont de politesse, de courtoisie, de civilité, les langues qu'on entend sont de bois, celles qu'on chuchote sont plus pointues, on se salue ou l'on s'évite, on ne dit ce qu'on pense qu'à demi-mot, parfois à quart de mot seulement. On ne sert que du vin blanc du pays, ou dans les grandes circonstances du mousseux. Chez nous, on serait plutôt conservateurs. Il y a un siècle, on n'a pas voulu du train, qui effrayait, et il faut de l'audace aujourd'hui pour figurer sur une liste rouge municipale. Si quelqu'un s'y risque : « Quelle honte ! » s'écrie-t-on quand on est dame d'œuvres. Nous sommes attachés à nos opinions comme les lilas d'Espagne au rocher.

Cependant, il arrive qu'à l'occasion de la Saint-Robert chez le maître menuisier de la route de l'Étang, on entende le petit bruit gaillard des bouchons qu'on tire ou qui sautent, et des voix. Ces voix, d'abord calmes sinon sourdes, prennent peu à peu de l'intensité, du volume, de l'ampleur, du timbre, roulent doucement puis dévalent comme sur des versants de vignes au soleil, dans le faible choc des verres qui tintent, et enfin, quand on trinque, éclatent en joyeuses exclamations. Sur les tréteaux de l'atelier, un meuble est posé à l'horizontale, pas fini, d'autres plus loin semblent entamés, qu'on reconnaît à des lames de chêne aux bords effrangés, à des fibres effilochées parfois comme des aiguilles d'acier pendant le laminage et l'étirage dans de hauts-fourneaux. On pose là-dessus les bouteilles et les verres comme sur une table, on les reprend, on s'appuie là, parfois quelqu'un s'y accoude ou s'y assoit. La conversation est gaie et bondit sur les bons moments de la vie. C'en est un pour les hommes qui sont là, sans femmes, et qui n'habitent pas dans des villes, encore moins dans des capitales où tout semble frelaté, où les gens sont à la fois plus exigeants et plus blasés.

Le ton peut soudain devenir grave, s'étouffer pour rejaillir. Dans les yeux de ces hommes, on voit passer une lueur, une brillance quand ils parlent des bals d'autrefois, des mariages ou de la saint-cochon, qui flottent dans les esprits comme des navires pavoisés. On se demande si ce ne serait pas là quelque fine équipe de compères que d'habitude la fatalité réunit. Par exemple une fatalité de deuil, où l'on ait besoin de se serrer les coudes pour tenir le coup, porter un poids — le vieux, la vieille, la jeunesse fauchée —, d'un toit jusqu'à l'église avant le chœur, puis le couvrir de couronnes, et de là, le trimballer à une tombe pour l'y descendre sans un mot, sans un geste de trop non plus.

Comme, pour dire quelque chose, je me renseigne une fois de plus sur la nature du rocher, quelqu'un m'assure que c'est la même veine qui court d'Avallon à Pierre-Perthuis et que ce n'est pas là qu'on peut creuser des fosses en s'amusant. Des fosses, le mot est lâché. Là, on ébrèche son outil, et si l'on n'y prend garde, on le brise contre ce qui n'est plus du bon calcaire rose mais du granit soudé par un ciment de cristal. L'eau des rivières a mis des siècles et des siècles à creuser son lit et même à trouer la roche, mais les pioches s'y cassent. Vite une rasade pour rejeter ce désagrément dans l'oubli, vite le souvenir des bals d'autrefois et de la saint-cochon. On s'amusait en ce temps-là, les filles étaient plus ardentes, plus aguicheuses, le vin leur montait aux joues, ou alors les chansons. Pas celles qui hurlent à présent dans les haut-parleurs et qui font se tortiller la salle ou taper des pieds à une bande de sauvages d'Afrique.

Quelqu'un constate que le pays a

beaucoup changé, qu'autrefois il était tout aréneux et pierreux. On rappelle que Mérimée, quand il passait, vivait d'œufs à la coque, de pommes de terre et de pain noir comme de la poix, ça se répète de mémoire en mémoire, puis la conversation vient sur les chefs d'État en visite. De Gaulle, en 1970, alors qu'il avait perdu le pouvoir, un dimanche de juin ou d'août, sans tambour ni trompette, seulement une voiture l'accompagnant pour la sécurité. On l'aurait vu à la messe avec tante Yvonne, puis la CX descendit et s'engagea dans le premier chemin qui va dans les vignes. Là, ils s'arrêtèrent après la scierie de Rousseau, et, assis contre un talus, songeurs, ils cassèrent la croûte tous deux sur le versant de la colline qui regarde par le sud le bourg et la basilique, longue et puissante comme un oppidum. Ce jour-là, comme le maître-charpentier Rousseau allait voir sa scierie, on l'en empêcha, et c'est ainsi qu'il apprit que de Gaulle était là. « Un pique-nique, dit quelqu'un. Mitterrand, c'est autre chose. Il connaît Vézelay comme sa poche. Avant d'être président, il y avait ses habitudes. » Quant à Giscard, il n'est jamais venu, sauf à un mariage.

Les casquettes remontent sur le haut du crâne, les regards s'aiguisent, quelque chose glisse comme des vagues de chaleur, des vagues de feu, des mains se posent sur les lames de chêne, caressent les flancs de ce qui ressemble, avec des lignes pareilles à des ondes, à des nacelles pour naviguer sur des fleuves souterrains à travers la sombre ou la brillante éternité dont le mot ici est proscrit. « Ça pèse dans les cent kilos, vide », dit quelqu'un. Sans insister, sans même presque s'en apercevoir, tout le monde touche et palpe le chêne luisant, ferme et doux, on s'imagine là-dedans fendant des flots noirs, on devine dans les reins comme un certain balancement de navigation, on se sent calé, bien au sec avec le souvenir des polkas d'autrefois, ah ! les polkas ! — et les fox-trot et les tangos — ah ! les tangos ! « On allait au bal pour s'amuser », dit encore quelqu'un. Quelquefois on se cognait pour une belle. « Et pour qui donc ? À la tienne, Étienne. »

Peu à peu les vagues de feu s'épuisent, la fine équipe se désagrège, chacun pose son verre, s'essuie la bouche d'un revers de main et s'en va. Je remonte en voiture, et là encore, arrêt sur le parvis. Je songe alors, d'une conscience peut-être éméchée, que je ne suis jamais entré dans cette ville, que je n'ai jamais franchi la dernière des sept portes de son enceinte ou de ce qu'il en reste sans le soulagement d'avoir quitté les embarras du monde, et d'être chez moi. Jamais non plus je ne me suis glissé dans la demi-ténèbre du narthex sans me croire dans le giron maternel, jamais je ne me suis approché de la herse de cierges qui scintillent devant la représentation pieuse et godiche de notre pécheresse sans m'écrier : « Grande, illustre sainte, tourterelle gémissante, caille qui courcaillez et margaudez dans les chaumes après la moisson à la recherche de l'amour et qui l'avez trouvé en Dieu, apôtre qui enseignez tellement mieux que les théologiens, aidez-moi à me repentir des péchés jamais confessés et cependant absous... »

Si j'osais, une rose à la main, je lèverais un verre de vin léger à la gloire de notre belle, à sa santé, et je boirais son regard et l'eau de ses yeux.

Vézelay, 1989.

TABLE

DE JULES ROY

ROMANS

LES CHEVAUX DU SOLEIL, t. I, Grasset, 1968.
UNE FEMME AU NOM D'ÉTOILE, t. II, Grasset, 1968.
LES CERISES D'ICHERRIDÈNE, t. III, Grasset, 1969.
LE MAÎTRE DE LA MITIDJA, t. IV, Grasset, 1970.
LES ÂMES INTERDITES, t. V, Grasset, 1972.
LE TONNERRE ET LES ANGES, t. VI, Grasset, 1975.
LES CHEVAUX DU SOLEIL, Grasset, 1980, édition en un volume.
LE DÉSERT DE RETZ, Grasset, 1978.
LA SAISON DES ZA, Grasset, 1982.

RÉCITS

CIEL ET TERRE, Alger, Charlot, 1943 (épuisé).
LA VALLÉE HEUREUSE, Charlot, Gallimard, Julliard, 1946 ; Albin Michel, 1989.
LE MÉTIER DES ARMES, Gallimard, Julliard, 1948.
RETOUR DE L'ENFER, Gallimard, Julliard, 1953.
LE NAVIGATEUR, Gallimard, Julliard, 1954.
LA FEMME INFIDÈLE, Gallimard, Julliard, 1955.
LES FLAMMES DE L'ÉTÉ, Gallimard, Julliard, 1956.
LES BELLES CROISADES, Gallimard, Julliard, 1959.
LA GUERRE D'ALGÉRIE, Julliard, 1960.
LA BATAILLE DE DIEN BIEN PHU, Julliard, 1963 ; Albin Michel, 1989.
LE VOYAGE EN CHINE, Julliard, 1965.
LA MORT DE MAO, Christian Bourgois, 1969.
L'AMOUR FAUVE, Grasset, 1971.
DANSE DU VENTRE AU-DESSUS DES CANONS, Flammarion, 1976.
POUR LE LIEUTENANT KARL, Christian Bourgois, 1977.
POUR UN CHIEN, Grasset, 1979.
UNE AFFAIRE D'HONNEUR, Plon, 1984.
BEYROUTH VIVA LA MUERTE, Grasset, 1984.
GUYNEMER, L'ANGE DE LA MORT, Albin Michel, 1986.
MÉMOIRES BARBARES, Albin Michel, 1989.

ESSAIS

COMME UN MAUVAIS ANGE, Charlot, Gallimard, 1956.
L'HOMME À L'ÉPÉE, Gallimard, Julliard, 1957.
AUTOUR DU DRAME, Julliard, 1961.
PASSION ET MORT DE SAINT-EXUPÉRY, Gallimard, Julliard, 1964.
LE GRAND NAUFRAGE, Julliard, 1966.
TURNAU, Sienne, 1976 (hors commerce).
ÉLOGE DE MAX-POL FOUCHET, Actes Sud, 1980.
ÉTRANGER POUR MES FRÈRES, Stock, 1982.

POÈMES

TROIS PRIÈRES POUR LES PILOTES, Alger, Charlot, 1942.
CHANTS ET PRIÈRES POUR DES PILOTES, Charlot, 1943, Gallimard, Julliard, 1947.
SEPT POÈMES DE TÉNÈBRES, Paris, 1957 (hors commerce).
PRIÈRE À MADEMOISELLE SAINTE-MADELEINE, Charlot, 1984.
CHANT D'AMOUR POUR MARSEILLE, Jeanne Laffitte, 1988.

THÉÂTRE

BEAU SANG, Gallimard, Julliard, 1952.
LES CYCLONES, Gallimard, Julliard, 1953.
LE FLEUVE ROUGE, Gallimard, Julliard, 1957.
LA RUE DES ZOUAVES *suivi de* SA MAJESTÉ MONSIEUR CONSTANTIN, Julliard, 1970.

PAMPHLET

J'ACCUSE LE GÉNÉRAL MASSU, Le Seuil, 1972.

CONTE

L'ŒIL DE LOUP DU ROI DE PHARAN, Sétif, 1945 (hors commerce).

AVEC JEAN AMROUCHE

D'UNE AMITIÉ, CORRESPONDANCE (1937-1962), Edisud, 1985.

IL A ÉTÉ TIRÉ DE CET OUVRAGE SOIXANTE EXEMPLAIRES SUR VERGÉ BLANC CHIFFON, FILIGRANÉ, DES PAPETERIES ROYALES VAN GELDER ZONEN, DE HOLLANDE, DONT CINQUANTE NUMÉROTÉS DE 1 À 50, ET DIX HORS COMMERCE NUMÉROTÉS DE I À X.

EXEMPLAIRE H.C.

Cet ouvrage
composé
par Comp'Infor à Saint-Quentin
a été imprimé et broché
par Aubin Imprimeur à Ligugé
en mai 1990
pour les Éditions Albin Michel

N° d'édition 11219. N° d'impression L 35264
Dépôt légal, mai 1990

Imprimé en France